Markus Anderland

Im Frühling der Leidenschaft

Erotisch-mythologische Fantasien

© 2015 Markus Anderland
Autor: Markus Anderland
Titelbild: Claudia Hautumm/pixelio.de

Verlag: tredition GmbH, Hamburg
ISBN Paperback: 978-3-7323-4058-3
ISBN e-Book: 978-3-7323-4060-6
Printed in Germany

Bibliografische Information der Deutschen Nationalbibliothek: Die Deutsche Nationalbibliothek verzeichnet diese Publikation in der Deutschen Nationalbibliografie.

Detaillierte bibliografische Daten sind im Internet über http://dnb.d-nb.de abrufbar.

Inhaltsverzeichnis

Gna – Das Schlangenmädchen

„Der Mond ist kühl,
der Wind schweigt."[1]

Vollmond. Kein Laut ist zu hören, als das Mädchen mit dem schneeweißen Gewand am Feuer niederkniet und dabei fast vollständig unter den langen rabenschwarzen Haaren verschwindet, die ihm bis über den Po reichen.

Die Szene wirkt unheimlich und selbst das Feuer lodert kühl, schauerlich, bedrohlich. Blau-violette Flammen tauchen das Ufer zwischen Waldrand und dem kleinen Mondsee in ein gespenstisches Licht.

Feuer ist ein lebendiges Wesen. Ist es zahm, dient es dem Menschen. Doch bricht es aus, dann ist es Lokis[2] Werkzeug.

Wer ist Loki?

Rick findet keine Antwort auf die Frage, die wie ein Hauch sein Bewusstsein durchstreift. Der hellblonde Junge weiß nicht einmal, was die *Frage* bedeutet. Loki? Den Namen hat er nie gehört.

Wie aus dem Nichts ist das Mädchen vor wenigen Augenblicken erschienen und beinahe hätte sie den Jungen beim Nacktbaden unterm Sternenzelt überrascht. Gerade noch rechtzeitig kann Rick sich ins Ufergebüsch flüchten.

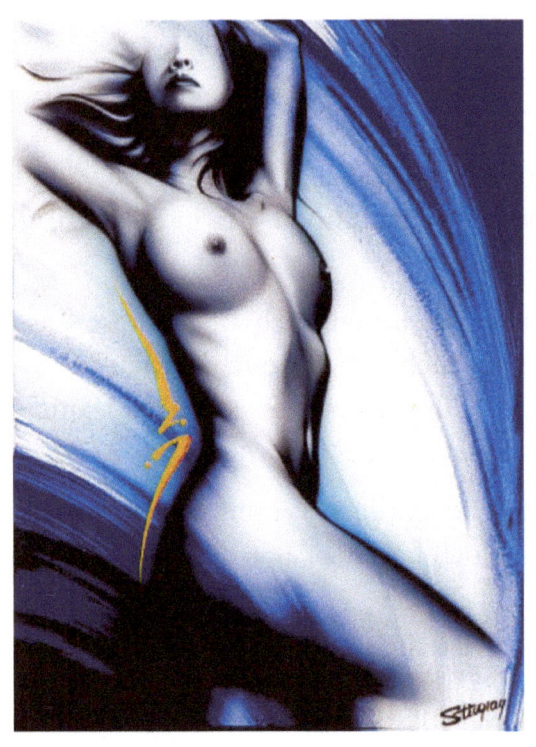

Er ist oft im Wald unterwegs, auch nachts. Rick liebt die Natur, genießt sie mit allen Sinnen. Nur selten verirren sich Menschen in sein Reich, doch *wenn* sie es tun, dann lohnt es sich, sie zu beobachten.

Unter ihren langen Haaren bleibt das Gesicht der rätselhaften Erscheinung unsichtbar, als sie sich, gleich einem geisterhaften Schatten, zum Ufer bewegt.

Immer noch ist außer Ricks Atem kein einziger Laut zu hören. Oder doch?

Schneller, lauter, vielleicht *zu* laut pocht das Herz des Jungen, als die geheimnisvolle Waldfee ihr Gewand nach oben rafft, frühlingshaft zarte Haut entblößend und zierliche Mädchenfüße sich ängstlich in sommerwarmes Uferwasser vortasten.

Was für ein Anblick! Was für ein erotisches Schauspiel – mitten in der Nacht, mitten im Wald!

Langsam, mit grazilen Bewegungen entledigt sich die Jungfrau ihrer im Schein des Feuers hell leuchtenden Tunika. Das schlichte Gewand ist das einzige Kleidungsstück, das sie trägt. Sogleich erstrahlen betörend schöne Brüste wie Rosenäpfel im stillen Licht des Mondes und jagen Rick einen heißen Schauer durch den Leib.

Ängstlich zuerst, vorsichtig sich tiefer ins dunkelglänzende Nass wagend, dann aber arglos und frohgemut, genießt die nackte Undine die Freiheit ihres vollkommenen, atemberaubend erotischen Körpers unter dem silbern funkelnden Sternenzelt.

Schon bald berühren Wellen verspielt ihre Knie, ihre Scham...

Der im Verborgenen lauernde Junge erlebt einen Untergang, der sein Blut zum Kochen bringt. Nur ein paar Minuten früher – und *er selbst* wäre jetzt dort im Wasser.

In Ufernähe voller Stolz und Selbstbewusstsein schreitend, sich selbst am ganzen Leib liebevoll mit klarem Wasser netzend, versinkt die Badende immer tiefer im Mondsee und gewährt Rick nur ab und an einen verstohlenen Blick auf ihre nassglänzenden Brüste oder den lieblichen schlanken Popo.

Dabei ist es völlig gleichgültig, wie weit sich das Mädchen von Rick entfernt – ausnahmslos jedes Detail ihres reizenden Körpers präsentiert sich dem Jungen in geradezu unheimlicher, magischer Deutlichkeit und Klarheit.

Das fahle Mondlicht täuscht Kühle vor, doch der Wind schweigt und mit der Erinnerung an den vergangenen Sommertag umspielt das Wasser die zarte Haut der stillen Göttin.

Da! Wie von Geisterhand bewegt, treten die uralten Baumriesen am Ufer zurück, machen Platz für eine mystische, eine faszinierende Begegnung zwischen Traum und Wirklichkeit.

Ein unglaublicher Anblick bietet sich Rick dar:

Spielend, ja tanzend fast, sich dabei langsam um sich selbst drehend, kehrt die dunkle Melusine nun zum Ufer zurück.

Sie singt!

Rick kann es nicht glauben, aber das Mädchen singt – leise, mit zauberhaft weicher, sanfter Stimme und nur für sich selbst!

Eine Göttin wird hier geboren! Schritt um Schritt gibt der Mondsee den ebenmäßigen Körper des Mädchens wieder frei. Sie spielt mit sich, mit ihren Brüsten, lässt ihre Finger sanft in jenem Schattenreich versinken, in dem ihr Allerheiligstes wohnt. Rick ahnt das erotische Spiel mehr, als das er es wirklich sehen kann.

Wie gebannt sucht der Junge im Dunkel nach Tiefe, sucht zu erahnen, wonach seine kraftvoll aufwallende Männlichkeit sich sehnt, getrieben, gepeinigt von wilden Fantasien.

Doch statt der Unbeschreiblichen dort im Weiher umklammern Ricks Arme nur den Stamm einer schlanken Birke, zwingen sein aufbegehrendes Geschlecht zwischen sich und dem Baum zur Ruhe, ohne das Mädchen auch nur einen einzigen Moment aus den Augen zu lassen…

Was ist das?

Ein heller Fleck nimmt Ricks Aufmerksamkeit gefangen. Etwas treibt auf lautlosen Wellen dem Ufer entgegen, direkt auf ihn zu! Ohne ein einziges Geräusch zu verursachen, ist der Junge dort, greift danach und erschrickt, als er erkennt, *was* ihm der Zufall in die Hände gespielt hat – und dass er völlig ohne Deckung nackt am Ufer steht.

Schnell duckt sich Rick hinter ein Gebüsch. In seinen Händen hält er das schneeweiß glänzende Gewand der schönen Unbekannten! Hat sie es zu nahe am Ufer abgestreift? Oder hat sie Rick längst entdeckt und …?

Verstohlen betrachtet Rick das zarte Textil, wringt es vorsichtig aus und riecht schließlich sogar daran. Ein sehnsüchtiges Seufzen entspringt seiner Kehle, welches den heftig erregten Jüngling um ein Haar verraten hätte…

Vor dem vollen Mond am Horizont sieht Rick das Nachtmädchen jetzt nur als schwarzen Schatten. Irgendetwas umflattert den Kopf der dunklen Göttin.

Ihre Haare im Nachtwind? Aber es ist windstill!

Rick erkennt die mit ihren eigenen Haaren Verschleierte nicht. Er ahnt nicht einmal, mit wem oder womit er es zu tun hat. Er sieht nur die schmalen Schultern und die mädchenhaft dünnen Arme, die über die Bedrohung hinwegtäuschen, welche von diesem Wesen ausgeht. Der Junge errät nichts von der Bedeutung der Kleidung, die er stumm in seinen Händen hält, dem luftig leichten Umhang, der eher einem Hemdchen gleicht, weiß wie das Gefieder eines Schwans…[3]

In ihren Hüften aber sieht Rick, was er gerne sehen *möchte*: *das* Sinnbild femininer Vollkommenheit und beginnender Reife. Zwischen ihre Schenkel fantasiert er den Quell der Lust, die zarte Blüte erwachender Fraulichkeit, Ursprung des Lebens, versiegelt und behütet von zwei köstlichen Lippen, die sich nach Zärtlichkeit und Liebe sehnen.

Genau dort aber erstrahlt nun, gleich einem funkelnden Stern, das im Wasserspiegel des Weihers hell leuchtende Mondlicht!

Eine Lichtgeburt!

Hoffnung, die unerfüllte Sehnsucht nach Liebe, nach Leben und die überschäumenden erotischen Fantasien eines noch unerfahrenen Jungen werden hier geboren – stumm, überwältigend, im Allerheiligsten eines mysteriösen Schattenmädchens, das nun langsam, versonnen, nackt und doch verschleiert unter schwarzem Haar zum Ufer zurückkehrt.

Eine Schwanenjungfrau, durchfährt es Rick – und er hat keine Ahnung, woher er dieses Wort, dieses Bild in seinem Kopf kennt.

Wieder ist da diese Bewegung: lodernde rabenschwarze Haare, eine Bewegung, die es gar nicht geben dürfte. Doch sie dringt nicht in Ricks Bewusstsein.

Zögernd erhebt sich der Junge. …

Warum?

Erschrocken hält die Nackte inne, steht einfach nur still, ohne Scham, ohne den geringsten Versuch, ihr Intimstes zu verbergen. Und auch Rick ist nicht in der Lage, sich von der Stelle zu rühren.

Wie angewurzelt schaut die göttliche Jungfrau zu ihm herüber. Gleich schwarzen Blitzen trifft ihn ihr Blick, der keiner ist, denn Rick kann ihre Augen unter den langen schwarzen Haaren nicht sehen, dafür aber umso intensiver fühlen – und dieser Blick trifft den Jungen mitten ins Herz.

Keine Schwanenjungfrau, eine Schwarzelbin …![4)]

Ricks Verstand fährt Achterbahn, produziert Fantasien, Bilder und Worte, die er nie gekannt hat. In seinen Händen hält er das schneeweiße Kleid…

Langsam tritt er ein Stück aus dem schützenden Gebüsch.

Noch immer hält das Mädchen regungslos inne, schaut den Jungen nur an – teilnahmslos? Erstaunt?

Und wieder ist da dieses seltsame Flackern und Flirren um den Körper der Unbekannten! Nasse, schwarze Haare, die im Wind flattern?

Haare? Aber das sind ja…

Entsetzt weicht Rick zurück.

Nicht Haare, sondern schwarze Schlangen umspielen, umwabern das Haupt des unheimlichen Mädchens, surreal, dämonisch, fremdartig …

Ein wohlig-wonniger Laut entfährt der schwarzen Gestalt, als sie sich nun dem Jungen zuwendet. Ganz nahe tritt sie an ihn heran. Zögernd reicht Rick ihr das schneeweiße Kleid, das wie durch ein Wunder bereits getrocknet ist. Sie quittiert es mit ungläubigem Staunen. Schwarze Flammen züngeln aus tiefen, dunklen Mädchenaugen unter dem viel zu langen Pony hervor – und zucken zurück, so als könne das bislang völlig stumme Mädchen nicht glauben, was sie sieht.

Und dann, indem sie ihr Gewand zurücknimmt, spricht plötzlich tiefe Dankbarkeit aus ihrem Blick.

Dankbarkeit? Wofür? Weil er ihr das Kleid zurückgegeben hat?

Lange stehen sie sich schweigend gegenüber – der Junge und das Mädchen, beide nackt, im nächtlichen Wald.

Angst weicht Neugier und Rick sieht nun nicht mehr nur die heiß begehrte Nackte in ihr. Sie ist neugierig, zeigt Gefühle. Sie ist keine Schwanenjungfrau, keine Schwarzelbin; sie ist ein Mädchen, und zwar ein ganz einzigartiges, von *dieser* Welt! Ein menschliches Wesen!

Oder doch nicht?

Gefährlich anmutende Fingernägel berühren Ricks Brust, seine Schultern, beginnen unsicher, seinen blutjungen Körper zu erkunden. Rick kann sie nicht sehen, aber er weiß, dass diese Nägel so schwarz sind wie das Haar der geisterhaften Erscheinung. Sie fasst ihn nicht an – sie versucht, ihn zu *be–greifen*!

„Wie heißt du?", haucht Rick.

„Gna[5]", lautet die fremd klingende Antwort und Rick weiß nicht, ob sie seine Frage überhaupt verstanden und ihren Namen genannt hat oder ob dieses Wort eine völlig andere Bedeutung hat.

Im nächsten Moment spürt Rick Gnas messerscharfe Krallen – am Rücken, am Po…

Verunsichert weicht er zurück, doch Gnas Hände sind schneller.

Kraftvoll umfasst Gna Ricks Gesäß, presst den Jungen fest an sich, reizt ihn mit wiegenden Bewegungen und beginnt erst sanft, dann souverän und bestimmend, sein Eisen zu härten und mit ihrer zierlichen, weichen, lebhaften Scham zu bearbeiten.

Wie eine Schlange bewegt sich Gna, gierig nach Lust, und während sie Ricks blutpralle Männlichkeit gnadenlos zwischen ihren Körpern gefangen hält, bleibt sie stumm wie ein Fisch.

Gna – drei Buchstaben und eine unbekannte Melodie, das ist alles, was Rick von ihr weiß, auch nach endlosen Minuten schwelender Lust, in denen Gna den erregten Junghengst unauffällig zu einem der uralten Baumriesen dirigiert und ihn schließlich mit dem Rücken gegen die raue Borke presst.

Mit zitterndem Atem versucht Rick, sein kaum noch erträgliches Verlangen zu beherrschen. Das Mädchen jedoch scheint sich völlig unter Kontrolle zu haben – und ihn! Sie genießt, was sie tut und doch scheint es nicht ihr Ziel zu sein, ihn zu verführen. Es fühlt sich eher an wie eine Prüfung, eine ausgesprochen aufregende allerdings!

Mit lüsternem Blick sinkt Gna auf die Knie und indes ihre Finger über Brust und Bauch des Jungen hinabgleiten und seiner heißen Rute männliche Härte lehren, vollzieht sich vor Ricks Augen eine unglaubliche Metamorphose:

Begleitet von irrsinnig schönen, intensiven Gefühlen verschwindet sein Geschlecht im Maul einer pechschwarzen Schlange. Dass Rick nicht vor Lust in die Knie geht, liegt einzig und allein daran, dass ihn der uralte Baum in seinem Rücken auf magische Weise aufrecht hält, so als hätte er unsichtbare Arme. Er kennt kein Erbarmen – dieser stumme Gehilfe des stummen Schlangenmädchens, dessen heiße Begierde den gelehrsamen, willigen, fügsamen Jungen nun tief in sich aufnimmt, ja regelrecht verschlingt, genießt, liebevoll verwöhnt und ihn und sich selbst in einen nicht enden wollenden, nicht enden *sollenden* Rausch der Sinne treibt...

„Gna!", hört Rick wie aus weiter Ferne, bevor seine Manneskraft ihm entströmt und er erschöpft auf den weichen Waldboden sinkt ...

***

Ana Luna

„Wenn die Nacht kommt,
wird die Sehnsucht klarer.
Alle Träume sind im Dunkeln wahrer.
Frei von Ängsten steigen
Gefühle aus dem Schweigen."[6]

Mitten in der Nacht läuft Maurice los, in den nahen Wald, zu dem kleinen Bach, der still und leise über glatte Felsen rinnt und schließlich in einen kleinen See mündet. Bei Vollmond ist solch eine nächtliche Wanderung besonders reizvoll. Bäume, Gebüsch und selbst der Baumstumpf am Wegesrand verwandeln sich in mystische Gestalten, bewegen sich, flüstern sich Geheimnisse zu. Sie sind Maurice' Freunde. Schon als er noch ein kleiner Junge war, haben sie mit ihm geredet und ihn über so manchen Kummer hinweggetröstet.

Es bedarf keiner Worte. Die stummen, schwarzen Schatten verstehen Maurice auch so und sie spüren das erwachende Verlangen des Jungen mit den wellig braunen Haaren und den großen, dunklen Augen, seine tiefe Sehnsucht nach Liebe...

Im fahlen Mondlicht ist der Pfad kaum zu erkennen, der Maurice immer tiefer in den Wald führt. Erst unmittelbar vor ihm scheinen die stummen, dunklen Geister beiseite zu treten, neugierig abwartend, dem Jungen mal sanft und mal väterlich derb über Schultern und Rücken streichend und flüsternd:

„Geh weiter, Maurice! Liebe ist voller Hoffnungen, die noch keinen Namen haben, voll neuen Wollens und Strömens! Geh zum See, dorthin, wo das Wasser aus schweigsamen Bergen schweigend nach Tiefe sucht. Dort findest du Antworten auf deine Fragen, Klarheit der Gedanken und wahrhafte Tiefe, die dich mitreißen wird, nicht hinab, sondern hinauf zu den höchsten Gipfeln des Glücks…“

„Leise, innig wird Musik erklingen.
Hör sie! Fühl sie!
Lass sie dich durchdringen!
Lös dich von der Welt,
die dein Herz gefangen hält.“[7]

Im Gedanken, in seinen Träumen ist Maurice nicht allein – nachts, mitten im Wald. Ana[8] ist bei ihm, das zierliche, fast weißhaarige Mädchen, dem er immer wieder und doch viel zu selten begegnet – hier, in stiller Einsamkeit. Was macht ein so hübsches Mädchen allein im Wald? Und warum ist sie manchmal wochenlang verschwunden, nachdem sie wieder einmal schweigend an ihm vorüber gegangen ist?

***

Irgendwann hat Maurice Ana zum ersten und einzigen Mal im See gesehen, an einem warmen Sommerabend, badend, so nackt wie Gott sie schuf, das Perlen und Prickeln des glasklaren Wassers genießend, träumend, verspielt mit sich selbst, nichts verbergend, und er hat zugeschaut, fast eine Stunde lang. Leise, voller Angst wie ein Dieb hat er ihre Sachen durchwühlt – und nichts von dem gefunden, was er erwartet hatte: Außer einem merkwürdig grob gewebten Shirt und einer farblosen Decke war da nichts, auch kein Höschen, nicht mal ein ganz winziges …

Wie alt mochte Ana sein? Jedenfalls alt genug, um Maurice' Puls mächtig in Fahrt zu bringen. Und dann präsentierte sie ihm, nichts ahnend von dem unsichtbaren Beobachter im Gebüsch, minutenlang ihren zierlichen, kleinen Popo...

***

Vorbei. Heute scheint keine Sonne und Ana ist nur in Gedanken anwesend, in Maurice' Fantasie. Schnell und lautlos hat er seine Sachen abgestreift und gleich einer Vogelscheuche an einem Busch befestigt, ein Gespenst in Badehose und weißem T-Shirt, das hier auf ihn warten und sein Wegweiser für den Rückweg sein wird im fahlen Mondlicht. Um sein Ziel zu erreichen, muss Maurice den See durchschwimmen.

Lautlos gleitet sein nackter Körper ins kühle Wasser.

Was ist das?

Eine merkwürdige Erscheinung lenkt die Aufmerksamkeit des Schwimmers auf sich. Ein Licht am anderen Ufer!

Schnell sucht Maurice Schutz unter dem herabhängenden Ast einer Silberweide. Das Licht bewegt sich nicht von der Stelle. Nur manchmal scheint ein Zucken oder Flackern die Ruhe dieser rätselhaften Erscheinung zu stören. Es scheint zu leben, dieses Licht!

Minutenlang starrt Maurice hinüber, dorthin, wo der kleine Bach in den See mündet. Nichts geschieht, außer, dass ihm allmählich kalt wird. Er entschließt sich, der Sache auf den Grund zu gehen und macht sich auf den Weg, nahe am Ufer entlang schwimmend, um nicht entdeckt zu werden – von was oder wem auch immer.

Maurice ist ein guter Schwimmer; mit kraftvollen, ruhigen Zügen gleitet er durch den nächtlichen See. Kurz vor dem Ziel sucht er wieder Schutz unter den Zweigen eines uralten Baumriesen. Maurice kennt den Wald.

Aber dort drüben, wo noch immer das seltsame Licht erstrahlt, ist *nichts!*

„Verdammt! Wie kann ich nur so dumm sein!" Ärgerlich schlägt sich Maurice mit der flachen Hand gegen die Stirn, lässt sich erneut ins kühle Nass gleiten und schwimmt nun direkt auf die Mündung des Baches zu. Er braucht sich nicht mehr zu verstecken, denn dort, von wo das Licht kommt, ist niemand.

Was er sieht, ist nichts anderes als der Mond, genauer gesagt: sein Abbild, das sich im leise über einen flachen Stein rieselnden Wasser spiegelt. Ein Wasser-Spiegel – im wahrsten Sinne des Wortes!

Und auch Maurice' Körper spiegelt sich nun auf der fast völlig glatten Wasserfläche, so klar und so deutlich, als stünde er seinem Zwillingsbruder gegenüber. Dass Maurice die Erscheinung von der anderen Seite des Sees aus überhaupt sehen konnte, ist reiner Zufall und liegt wohl nur daran, dass das Mondlicht in dieser Nacht in einem ganz bestimmten Winkel auf die Wasseroberfläche trifft. Nur einen Tag früher oder später hätte Maurice von der Stelle aus, wo nun sein „Gespenst" auf ihn wartet, vermutlich *gar nichts* gesehen!

Und nun steht er hier, ein bisschen ratlos, verwundert, nackt und allein im Mondlicht und mustert sich selbst in einem natürlichen Spiegel.

Er ist kein Kind mehr und die Bilder und Träume, die er seit einiger Zeit fast jede Nacht mit spielender Leichtigkeit herbeiruft, sind so unvergleichlich schön, immer wieder anders, aufregend, voller Romantik, Liebe, Zärtlichkeit und Verlangen. Und immer spielt Ana die Hauptrolle und danach – einsame Zärtlichkeit ...

Still rinnt das kühle Nass über Felsgestein und mit einem Mal erwacht nun sein Spiegelbild zu magischem Leben.

Verträumt betrachtet Maurice sein zweites Ich.

Allmählich, so als hätte es ihn nie gegeben, verblasst sein Bild, um Platz zu machen für etwas Anderes, Außergewöhnliches. Etwas nimmt Gestalt an, will Form werden, will heraus aus dem Spiegel, will die Grenze zwischen Traum und Wirklichkeit überwinden…!

„Ana!"

Regenbogenfarben vermischen sich mit dem Klang leiser Musik, die direkt aus dem Wasser zu kommen scheint und die ein wohltuendes Kribbeln durch Maurice' zitternden Körper schäumen lässt – eine Symphonie aus Licht, Tönen und der tiefen Sehnsucht eines Teenagers auf dem Weg vom Jungen zum Mann.

„Ana!"

Maurice glaubt nicht, was er sieht. Das ist Ana! Wie hinter einem verschlossenen Fenster steht sie plötzlich auf der anderen Seite der dünnen Wand aus klarem, kühlem Wasser – unschuldig schön, lächelnd mit leuchtenden Augen! Ana im Mondlicht! *Ana Luna!*

„Ana!"

Sie stehen sich gegenüber – diesseits und jenseits des natürlichen Spiegels.

„Wie ist das nur möglich?", fragt Maurice laut, obwohl außer ihm niemand da ist, obwohl außer ihm niemand da sein *kann*, wenn es hier mit rechten Dingen zugeht.

Instinktiv berührt er das Wasser. Aber da ist nichts weiter als kalter Stein! Und doch ist Ana immer noch da.

„*Fantasie ist ein Ausdruck unserer Sehnsüchte und Wünsche*", erinnert sich Maurice. Genau *so* muss es sein. Er fantasiert! Was er zu sehen meint ist nichts weiter als eine Halluzination, ein Trugbild seiner geheimsten Wünsche! Ohne Wünsche gibt es keine Träume. Ohne Wünsche gibt es kein Wollen, keinen Willen. Und ohne Wollen gibt es kein Tun, kein Schaffen, keine Menschen. Und überhaupt: Das Leben selbst ist *Wollen*, das Angenehme wollen, für sich selbst, für andere! *Das* ist Glück! Und Maurice *will* – Ana!

Ana ist immer noch da. Und sie scheint sogar an Schärfe zuzunehmen, an Klarheit, an Körperlichkeit! Fantasie in 3D? Gibt es das?

Es brennt wie Feuer, als Maurice erneut versucht, den Wasserspiegel zu berühren. Und es brennt wie Feuer – sein Verlangen und das Blut in seinen Adern, das längst abwärts strömt und seine Mitte sucht.

Feuer ist ein lebendiges Wesen. Ist es zahm, dient es dem Menschen. Doch bricht es aus, dann ist es Freyas[9] Werkzeug!

Freya? Wer ist Freya?

Einen Moment nur sucht Maurice nach der Antwort auf die Frage, die er selbst nicht versteht.

„Sie will es nicht! Sie will dich nicht! Sie spielt bloß mit dir!", warnt Maurice' inneres *Ich*. Doch hinter diesem *Ich* steht etwas, das größer ist und stärker, das Verlangen, die Natur des gesunden Jungen, des Mannes, die Sehnsucht nach Liebe, die das stolze *Ich* gnadenlos an der Leine führt.

Gegen Anas wunderschöne Augen hat Maurice keine Chance. Tiefe, ein erstes Verlangen, aber auch Unsicherheit sprechen aus Anas stummem Blick. Und gerade *das* macht sie so anziehend. Sie zeigt ihre Angst, ihre Gefühle, versteckt nichts, auch nicht ihre Sehnsucht.

„Es ist nur ein Bild! Es ist nur ein Bild…!", raunt eine Stimme tief in Maurice' Unterbewusstsein.

Aber Maurice will jetzt nicht zweifeln, will nicht vernünftig sein. Er hat ein Recht darauf, unvernünftig zu sein, ein Recht auf seine Träume, seine Fantasien, auf *seine* Wirklichkeit!

„Sinken,
Schwinden,
Süßer Rausch des Schwebens;
Spür mich!
Berühr mich!
Trink vom Quell des Lebens!
Ahnungsvoller Sinn -
Diese Nacht ist der Beginn!"[10]

Fassungslos, erschrocken rückwärts strauchelnd, nimmt Maurice wahr und begreift es doch nicht, was einfach nicht sein *kann*:

Ana ist aus dem Spiegel heraus getreten, keine Fantasie, sondern eine Ana aus Fleisch und Blut!

Lächelnd legt sie ihre Arme um Maurice, zieht ihn ganz nahe zu sich heran, mit fragendem, verlangendem, verzweifelt bettelndem Blick.

Und dann geht alles wie von selbst:

Behutsam, ganz vorsichtig, immer noch ungläubig staunend, berührt Maurice ihre Wangen. Sie lässt ihn keine Sekunde aus den Augen. Ein stummes *Ja*, eine kleine Unendlichkeit, dann berühren sich ihre Lippen, so zärtlich, dass beide es kaum spüren können und doch ist es der schönste Augenblick in Maurice' Leben.

Wie ein Blatt im Wind gleitet das schlichte weiße Kleid von Anas Schultern. Den silbern glitzernden Gürtel, der mit seltsamen Zeichen übersät ist und der nun lautlos ins weiche Gras des Waldbodens gleitet, bemerkt Maurice nicht. Er sieht nur noch Ana, hört, riecht, schmeckt und fühlt nur noch Ana, ihre zauberhaften kleinen Brüste, den glatten, flachen Bauch, das zarte, blitzblank rasierte Venushügelchen – und ihren süßen Po im Spiegel des fallenden Wassers.

Wie ein zweites Ich verfolgt Ana jede noch so kleine Regung in Maurice' Gesicht. Keine Sekunde löst sie den Blick von ihm, als könne sie seine Gedanken lesen – oder ihn wieder verlieren!

Mädchenhände verirren sich in Maurice' Schritt, fragend, behutsam tastend, suchend, findend – und ziehen sich wieder zurück.

Nein! Da sind sie wieder.

Lautlos umschmeicheln sie seine Hüften, seinen knackigen Jungmänner-Po – und nehmen schließlich Maurice' längst stahlharte Männlichkeit gefangen…

Ana spricht kein einziges Wort. Wie ein Schlangenwesen umzüngeln ihre Arme und Beine den nackten Jungen. Neugierige Blicke mustern jedes Detail seines erwachenden Körpers.

Im Spiegel beobachtet Maurice die grazilen Bewegungen des erotischen Mädchens. Im Spiegel sieht er seine steil aufgerichtete Rute – und Anas Finger, die ein aufregendes Spiel mit zwei bezaubernden Bällchen zelebrieren. In diesem Augenblick ist Maurice stolz auf sich, fühlt sich endlich als richtiger Mann.

Und dann lässt Ana ihrer Erregung freien Lauf, zieht den heißblütigen Nackten ganz nahe zu sich heran und nimmt fest zur Hand, was längst nicht mehr in eine Mädchenhand passt…

Sie spielt mit ihm, gibt und verweigert, drückt, streichelt, massiert, knetet und verwöhnt. Mal heizt sie ihm ein, mal hält sie ganz still, genießt die heiße, pulsierende Fülle in ihrer Hand, das Betteln in Maurice' Blick, seine Angst und Unsicherheit. Sie kann sein Feuer entfachen – oder es hungern lassen, kann ihm Lust schenken – oder seine Erregung ins Leere laufen lassen. Auch die Zeit scheint sich in Nichts aufzulösen. Wie lange dauert solch ein Traum?

Irgendwann kniet Ana vor dem nackten Jungen nieder, doch nicht, um sich zu unterwerfen!

Sie umwindet seine Schenkel, seinen Po, seine intimsten Körperteile, leckt und saugt immer heftiger, immer wilder...

Fast besinnungslos vor Lust bettelt Maurice um Erlösung. Sein Herz rast. *Er* verkrallt sich in Anas Haare; *sie* lustfoltert seine Männlichkeit, indes Maurice von mystisch-faunischen Halluzinationen in höchste Ekstase gepeitscht wird.

Das sind keine menschlichen Hände, das sind Schlangen!

Und auch Maurice' Rute gleicht mehr und mehr einer Schlange, abwechselnd von zwei Rivalinnen bedrängt, *gedrängt*, sich ihrer Haut zu entledigen und ihr Gift zu versprühen.

Eine Schlange, die eine Schlange frisst!

Was für ein Sinnbild ewiger Jugend, ein Sinnbild ewiger Wiederkehr! Die Schlange, die in Anas Mund kriecht. Die Schlange, die sich häutet und endlich im Quell des Lebens ertrinkt...

Halluzinationen? Fantasien? Nein, noch nie hat Maurice von Schlangen geträumt.

Doch plötzlich ist alles anders:

Das Bild im Spiegel, ja das Wasser selbst verändert sich, wölbt sich, erblindet – und wird wieder klar. Doch nicht Ana spiegelt sich jetzt im fahlen Licht des Mondes, sondern Maurice! Nicht Anas warme, weiche Mädchenhand, nicht Otterngezücht verwöhnt sein Geschlecht, sondern er selbst!

Nicht Ana steht nackt auf der anderen Seite des Spiegels, sondern er selbst, mitten im Wald, atemlos vor Erregung.

Verstört betrachtet Maurice sein zweites Ich.

Langsam, dem heftigen Verlangen zum Trotz quälend langsam, verwöhnt er sich selbst – lange, sehr lange! Es dämmert bereits, als ein atemberaubend schönes, heftiges Finale gleich einem Sturm über den zitternden, bebenden Jungen hereinbricht...

***

„Wer ... bist du?" Als Maurice wieder zu sich kommt, schaut ein fremdes Mädchen schmunzelnd auf ihn herab. Sie ist blond, trägt Zöpfe wie Pippi Langstrumpf und ein dazu passendes Kleid. An ihrem Finger baumelt Maurice' Badehose.

„Guten Morgen! Ich bin Saga. Und wer bist du?"

***

Charis & Apollo

S eit Stunden wälzt sich Charis[11] im Bett hin und her, ohne Schlaf finden zu können. Der Vollmond zeichnet ein rabenschwarzes Gewirr aus Schatten an ihre Zimmerwand. Das Geäst der alten Eiche vor dem Haus – unruhig wispert und raschelt es, formt sich vor den Augen des blassen, rothaarigen Mädchens zu scheinbar sinnvollen Gestalten. Der uralte Baum lebt!

Da! Eine Hand winkt im Rhythmus, mit dem der Wind die Äste bewegt!

Es hat keinen Zweck. Charis beschließt, noch ein paar Seiten zu lesen, eine aufregend erotische Geschichte, die unruhige Mädchenfinger immer wieder zu den Gipfeln zarter Brüste und in intimste Tiefen tanzen lässt.

Unruhe macht sich breit. Charis geht zum Fenster, reißt es weit auf: Da steht er, *ihr* Apollo, aus reinstem Marmor, und im Hintergrund sich schüchtern zurückhaltend: Ganymed!

Nelly, Charis' Lehrerin, liebt antike Kunst. Überall im Garten des Gymnasiums stehen Skulpturen von wahrhaft göttlicher Anmut und Erotik: Apollo, Ganymed und Dionysos, Diana und Bona Dea, die Göttin der Mädchen-liebe, dazu noch andere Götter und Fabelwesen, deren Namen Charis nicht kennt. Aber sie ist ja auch erst seit ein paar Monaten Novizin des Gymnasiums auf Burg Asgard[12], einer Schule, die sich der lebendigen Bewahrung antiker Kulturen, Riten und Lebensweisen verschrieben hat und die Mädchen und Jungen zu einem selbstbewussten, selbstständigen und glücklichen Leben im Einklang mit der Natur befähigen will.

Das Tor zum Garten der Schul-Burg wird von zwei lebensgroßen Skulpturen bewacht. Während zur Linken Apollo Schüler und Besucher willkommen heißt, wirft Diana dem jungen Gott von rechts begehrliche Blicke zu. Apollo und Diana – zu Stein gewordenes Verlangen, ungestillt...

Einer inneren Stimme folgend tritt Charis hinaus ins Halbdunkel der Mondnacht, stiehlt sich auf leisen Sohlen hinüber zu Apollo, dessen Nacktheit im fahlen Mondlicht noch atemberaubender aufscheint als am Tage. Was für ein zauberhaft schöner Junge!

„Kannst du auch nicht schlafen?", haucht sie dem Steinernen zu. Stumm schaut Apollo das Mädchen an, das da barfuß und nur mit einem langen Umhang bekleidet vor ihm steht.

„Du Armer!" Liebevoll schmiegt sich Charis an seine Brust. „Immer musst du ganz allein hier draußen warten. Aber heute bin ich ja bei dir – und jetzt bekommst du erst mal einen Kuss!"

Charis ahnt nicht, dass sie beobachtet wird: von Julian, einem der drei Jungen, die sich gestern in den Wäldern rund um Asgard verlaufen haben und schließlich von Gna und Ana, zwei Novizinnen, zur Burg gebracht wurden.

Still genießt Charis die Nähe des jungen Gottes. Die Statue ist angenehm warm, obwohl die Nächte hier oben im Gebirge auch im Sommer oft empfindlich kühl sind. Versonnen streicht Charis über Apollos flache Brust, zupft mit den Lippen an deren kleinen Knospen und lässt ihre Fingerspitzen dann wie zufällig hinabwandern zu Apollos jugendlichem Geschlecht.

„Schade, dass du nicht echt bist. Aber macht nichts, ein bisschen verwöhnen werde ich dich trotzdem", lispelt Charis dem jungen Gott leise zu und setzt ihren Entschluss sogleich in die Tat um.

Julian glaubt nicht, was er sieht:

Das Mädchen liebkost die Statue des nackten Apoll, die, wie viele andere Gottheiten der griechisch-römischen Antike, so viel Leben, Lust und Verlangen ausstrahlt und dabei so schwach, verletzlich und eben *dadurch* wohltuend menschlich wirkt. Apollo! Er ist ganz anders als der einsame, unbeweibte, bedauernswerte Gott im Himmel, an den Julians Großmutter glaubt.

Nein, Apollo hat kein dickes Buch geschrieben und er hat auch nicht unzählige Gebote und Verbote erlassen. Man grüßt ihn *aufrecht*, statt vor ihm nieder zu knien! Apollo ist einfach nur da und fast scheint es, dass Julian die nackte Steinfigur ebenso anziehend findet wie das rothaarige Mädchen, das Apollo im Dunkel der Nacht heimlich liebkost.

Apollo ist größer als die zierliche Charis. Sie schaut zu ihm auf, nimmt seine Wangen in beide Hände, streichelt über Hals und Brust, Schultern und Arme, lehnt sich an...

Die Haut des Jünglings ist ungewöhnlich glatt. Kein einziges Härchen stört die Anmut, Harmonie und Vollkommenheit seines Körpers. Dabei ist Apollo doch fast schon ein Mann. Charis genießt das Gefühl von Sauberkeit, Unschuld und erwachendem Verlangen, das dieser Junge ausstrahlt. Nein, ein Knabe ist Apollo nicht mehr, ganz anders als Ganymed dort hinten, aber auch noch kein Mann. Alles an ihm sprießt, blüht, wächst, will ins Leben, ins Licht...

Ganz nahe ist Charis herangetreten. Es ist ihr egal, ob jemand sie sieht. Ob sie ebenso denken würde, wenn sie wüsste, *dass* es so ist?

Etwas zieht sie mit Macht zu Apollo hin. Sie umarmt ihn, lässt ihn ihre Fingerspitzen spüren, die langsam beidseits seines Rückgrates abwärts wandern...

„Du hast den schönsten Po der Welt!", lacht Charis leise, als ihre Hände das knabenhafte Gesäß des Jungmannes erreichen. Warm, glatt, und wunderbar fest ist er, dieser Popo.

Fest? Ja, fest! Aber nicht hart, nicht wie Marmor! Fast will es Charis scheinen, als ob dieser Po sich bewegt, als ob seine Muskeln sich anspannen, ihren Berührungen entgegen fiebern, wenn sie ihn ihre Nägel spüren lässt. Ein wunderbares Gefühl! Oder doch nur Einbildung?

Indes ihre Finger den Rücken des Gottes liebevoll kraulen, küsst Charis Apollo nun hauchzart auf die Brust. Nie zuvor hat das Mädchen einen Gott geküsst!

Dann ein verstohlener Blick nach unten.

„Was hast du denn hier schönes?"

Behutsam berührt sie sein Geschlecht. Auch hier kein Haar, dafür ein wohlgefülltes Beutelchen und ein wunderbares „Hörnchen", das zugleich zarte Jugend, Kraft und Männlichkeit ausstrahlt.

Apollo ist in Marmor gefangen, doch der Mann in ihm hat längst damit begonnen, gegen sein Gefängnis anzukämpfen. Verlangen rebelliert gegen die Härte und Kälte des Marmors, wird stark und immer stärker, streckt sich, *will* wachsen, *will* leben, *erleben*, was jedem gesunden Jungen beim Anblick bezaubernder Weiblichkeit widerfährt, wonach jeder Mann sich sehnt…

Ein Zittern, ein Beben scheint durch den steinernen Leib zu peitschen. Wie viele Jahre mag Apollo auf diese Nacht gewartet haben?

Wieder zögert Charis, schaut dem völlig unwirklichen inneren Kampf des zu Stein erstarrten Jünglings zu, der sie nun ganz direkt anblickt, verzweifelt um Hilfe bettelnd.

Doch der Marmor ist gnadenlos. Mit eherner Faust verbietet er dem Gott, was jedem Mann aus Fleisch und Blut das Leben süß macht. Charis, die Apollos inneren Kampf ahnt, hat plötzlich eine Idee:

„Vielleicht hilft dir dies ja ein wenig?", haucht sie – und lässt ihr Gewand fallen, unter dem sie vollkommen nackt ist. Ganz fest presst sie ihren frühlingshaft zarten Leib an den muskulösen Jungmännerkörper.

Sogleich meint sie, eine pulsierende Wärme zu spüren.

Zögernd, sich ängstlich umschauend, behutsam zuerst, dann aber entschlossen und mit eiskaltem Blick drückt sie die prachtvollen Hoden des steinernen Gottes mit der Hand fest zusammen: Nichts.

Doch dann…

„Aber das ist unmöglich!", erschrickt das Mädchen.

Als sich das Geschlecht des Gottes zu regen beginnt, hält Charis sich die Hände vors Gesicht. Sie hat keine Ahnung, was da vor ihren Augen passiert und sie weiß nicht, was sie tun soll. Ja, wenn Nelly, Charis' Lehrerin, jetzt hier wäre…

Einem Instinkt folgend, immer noch voller Angst, erst ganz zaghaft, dann aber immer mutiger werdend, berührt, streichelt, massiert sie dann Apollos süßen Zauberstab, verwöhnt ihn mit den Händen. Da regt er sich, strengt sich an, beginnt, sich mit aller Kraft gegen den Widerstand des kalten Marmors zu wehren und sich zu strecken. Er wächst! Er verwandelt sich!

Charis' Blick fällt auf Apollos Füße. Sie kann es kaum glauben, doch selbst die Füße des Jungen bewirken ein heftiges Beben in ihr. Kann man Füße lieben?

Sie geht vor Apollo auf die Knie, streichelt die Innenseiten seiner kräftigen, wohlgeformten Schenkel, seine Knie, seine Waden und schließlich – seine Füße und Zehen.

Groß und stark steht des Gottes Geschlecht. Was für ein erotischer Kontrast zum schlanken Knabenkörper! Wieder durchweht ein Zittern den Nackten und während Charis seine Männlichkeit nun mit Lippen und Zunge kostet, verwöhnen Mädchenhände zärtlich den göttlichen Po.

Ein leises Stöhnen durchbricht die Stille... und eine Hand berührt kaum spürbar Charis' Wange. Wie eine Schlange umwindet das Mädchen Apollos zauberhaften Körper ...

„Apollo!"

Als sie den Kopf liebevoll an seine Brust legt, spürt Charis zwei kräftige Hände an ihrem Po. Wortlos versteht sie, stemmt sich hoch, lässt sich hochheben – und behutsam, ganz langsam auf Apollos zu männlicher Vollkommenheit erwachsene Rute gleiten...

***

Asgard

„Das Leben schläft im Stein,
schlummert in der Pflanze,
träumt im Tier
und wacht im Menschen!"[13]

„W o um alles in der Welt bin ich?", fragt Julian sich selbst, als die strahlende Morgensonne seine Nase kitzelt.

Er liegt in einem gewaltigen, hölzernen Bett, dessen Pfosten von allerlei Schnitzwerk, Schlangen und seltsamen Fantasiefiguren geziert werden.

Der Raum, in dem der Junge aufwacht, erinnert ihn an den Besuch auf einer mittelalterlichen Burg, als er noch ein Kind war. Die Wände sind kalt und rau aus grob behauenem Stein, die Fenster ohne Verglasung, dafür aber mit schweren hölzernen Läden und gewaltigen eisernen Beschlägen und Riegeln versehen.

Ein seltsam angenehmes Gefühl auf Julians Haut rührt von einer außergewöhnlich weichen Decke, die sich bei näherem Hinsehen als flauschiges Fell entpuppt.

Verunsichert schaut Julian sich um. Der Raum ist ausgestattet mit rustikalen Möbeln, Tischen, Stühlen, einem seltsamen Pult – und zwei weiteren Betten von bäuerlich-derber Machart.

„Wo bin ich?", fragt Julian noch einmal flüsternd und erschrickt im selben Augenblick:

Unter dem weichen, warmen Fell ist der blauäugige Junge mit den stets brav gescheitelten rotbraunen Haaren *völlig nackt*!

Langsam kehrt die Erinnerung zurück. Es scheint, als sei Julian in einen seiner eigenen erotischen Träume geraten.

Mit dem Fell um die Hüften schleicht der Junge zur Tür und lauscht. Ein Knarren ist zu hören, als er die riesige Klinke niederdrückt und die schwere Tür mit Mühe einen Spalt breit öffnet. Niemand ist zu sehen. Kühle Stille erfüllt den steinernen Flur.

Auf einem Schemel entdeckt Julian frische Kleidung. Er hat keine Zeit, die seltsamen Gewänder genauer zu untersuchen, die auf den ersten Blick an alte Hanfsäcke erinnern, wie er sie von früher kennt, als seine Großeltern noch selbst Kartoffeln, Getreide und andere Garten- und Feldfrüchte anbauten. Vor ihm liegen eine Hose und eine Art Tunika, ein ärmelloses Shirt aus grob gewebtem, hellem Stoff, dazu ein Band, das offensichtlich den Gürtel ersetzt.

Schnell schlüpft der Junge in die Sachen. Wer weiß, wann die Tür sich öffnet und wem er dann mit seinem improvisierten Lendenschurz gegenüberstehen würde.

Ja, das ist ein Gürtel, allerdings einer zum Zubinden und statt Schlaufen zieht man ihn durch mehrere kleine Schlitze am oberen Rand der Hose, einmal rein, durch die nächste Öffnung wieder raus und so weiter.

Passt! Und sieht gar nicht mal schlecht aus!

„Guten Morgen, Julian!" Ein bildhübsches Mädchen kommt lächelnd auf ihn zu, nachdem sich Julian durch dunkle Flure und schmale Treppen unsicher ins Freie vorgetastet hat.

„Woher weißt du … woher wissen sie meinen Namen?", erwidert Julian überrascht, als er erkennt, dass er es mit einer etwa 30-jährigen Frau zu tun hat. Von weitem sah sie aus wie eine Schülerin.

„Das ist Nelly!", antwortet ein etwa 10-jähriger Pimpf an Stelle der Frau. „Sie ist hier der Boss!"

„Und du bist ein vorlauter Knabe!", schimpft Nelly und lacht dabei. „Du machst mir die ganze Überraschung kaputt!"

Der Junge grinst und trollt sich.

„Das war Laurien, unser Jüngster!" erklärt die nette, ausgesprochen hübsche Frau und reicht Julian die Hand.

Julian staunt nicht schlecht, als plötzlich zwei andere Jungen auf ihn zulaufen: Es sind Rick und Maurice, Julians Freunde!

Ein paar Minuten später sitzen die drei mit Nelly auf der sonnigen Burgterrasse und trinken Tee aus seltsam altertümlichen Tassen. Auch Rick und Maurice tragen ähnlich schlichte, aber auf ganz eigene Weise passende und zudem praktische Kleidung wie Julian.

Der Tee verströmt einen unbekannten, aber angenehmen Duft und scheint die Stimmung der Jungen auf geheimnisvolle Weise zu heben. Zwei Mädchen, die sich als Fenja und Menja[14] vorstellen, bewirten die kleine Gesellschaft. Sie machen keinen Hehl daraus, wie aufregend sie die Anwesenheit der Jungen finden.

„Wo … wo sind wir hier?", fragt Maurice nach einer Weile.

„Auf Burg Asgard!", antwortet Nelly lächelnd. „In der nordisch-germanischen Mythologie ist Asgard der Sitz der Götter!"

„Und Göttinnen!", scherzt Rick mit Blick auf Fenja, Menja und die zahlreichen, leuchtend weißen Skulpturen beiderlei Geschlechts ringsum im Garten. Deren herausgehobene Nacktheit weckt sogleich männliche Regungen bei den drei Jungmännern, während die stummen Gottheiten im Schatten uralter Bäume nicht nur über derart Menschliches, sondern gleichermaßen auch über Raum und Zeit erhaben sind.

„Und wie sind wir hierher geraten?", spricht Julian schließlich aus, was alle drängt, seitdem sie in dieser völlig fremden, anderen und doch so angenehmen Welt erwacht sind.

Nelly zuckt nur mit den Schultern und lächelt wissend.

„Ich muss irgendwie ohnmächtig geworden sein", erinnert sich Maurice. Bei welcher Gelegenheit dies geschah, erwähnt er lieber nicht. Ob Nelly etwas ahnt?

„Seltsam. Mir ging es ähnlich!", wundert sich Rick und denkt an sein Abenteuer mit dem Schlangenmädchen.

Nur Julian hat offenbar keinerlei Erinnerung daran, wie er nach Asgard geraten ist.

***

Burg Asgard ist der höchste Punkt eines gewaltigen Bergplateaus, einer von fruchtbaren Feldern und saftigen Wiesen geprägten Hochebene, die aus endlosen dichten Wäldern herausragt. Mancherorts reichen gewaltige Baumriesen bis an die Burgmauer heran, die im üppigen Grün mitunter völlig verschwindet. Innerhalb der Mauer erkennt man zahllose Parzellen, Obstbäume und Sträucher und überall drängen frisches Grün und farbenprächtige Blüten ins wärmende Sonnenlicht.

Ein strenger Geruch steigt den Jungen in die Nase. Nelly lacht: „Pferde, Kühe, Schweine, Ziegen, Schafe, Kaninchen, Hühner und Flöhe! Gefällt's euch?"

„Das ist ja wie Ferien auf dem Bauernhof", frotzelt Julian.

Ein weißer Hengst grast friedlich im Schatten einer alten Linde. Ein altertümlicher Brunnen mit langem Schwengel spendet ihm kühles Nass in eine hölzerne Tränke.

„Das ist Rögnir! Er wird von allen verwöhnt", erklärt Nelly und streichelt Rögnir am Hals.

„Und dann wird er gebraten", ergänzt Rick grinsend.

„Bist du verrückt?", erschrickt Nelly. „Wer ein Pferd tötet, würde auch Kinder umbringen!

Pferde sind intelligent, gefühlvoll und wunderschön! Und sie sind heilig!"

„Heilig?", wundert sich Julian.

„Natürlich! Schon unsere Ahnen haben Pferde verehrt und ihnen sogar eine eigene Rune (ᚱ) geweiht. Pferde sind uns wie Brüder und Schwestern, klug und edel. Sie helfen uns bei der Arbeit; dafür bekommen sie von uns Weide, Schutz und Pflege und alles, was sie sonst noch brauchen, um glücklich zu leben", schwärmt Nelly.

„Um *glücklich* zu leben? Das meinst du … ähm, das meinen sie nicht ernst?", fragt Maurice ungläubig.

„Und ob ich das ernst meine!", erwidert Nelly, lässt sich ins Gras fallen und bedeutet den Jungen, es ihr gleich zu tun. „Wir sagen hier übrigens alle *du*, also lasst doch bitte das dumme *sie* weg!"

Rögnir äugt neugierig herüber.

Still ist es hier im Schatten gewaltiger Eichen, Linden, Eschen und all der nackten Skulpturen, die, wie es scheint, Nelly und die Jungs still beobachten. Irgendjemand hat frische Blumen zu Füßen der Göttinnen und Götter abgelegt.

„Was ist das?", fragt Julian und blickt sich erstaunt um.

„Unser Hain!", antwortet Nelly stolz. „Normalerweise liegen heilige Haine tief im Wald – ihr werdet sie bald selbst entdecken. Hier auf der Burg haben wir die schönsten und wichtigsten Götter versammelt, die unseren Jungen und Mädchen lieb geworden sind."

„Ihr glaubt tatsächlich an *Götter*?", erwidert Rick beinahe entsetzt.

„Wieso *glauben*?", wundert sich Nelly. „Was ihr hier seht, ist Schönheit, Harmonie, Vollkommenheit! Ihr dürft sie gerne anfassen – die Damen und auch die Herren!"

„Aber ihr glaubt doch nicht im Ernst, dass es irgendwo höhere Wesen gibt, die den Menschen erschaffen haben und die genauso aussehen wie Menschen?", drängt es aus Rick.

„Wie kommst du denn auf solchen Unsinn?", wundert sich nunmehr Nelly – und erzählt den Jungen dann von den alten, *menschlichen* Göttern:

„Indem sich unsere Ahnen Götter und Göttinnen dachten, schufen sie sich Bilder ihrer eigenen Wünsche, Träume und Sehnsüchte. In Gestalt der Götter dachten sie *sich selbst* so, wie sie gerne sein wollten. Götter sind Fantasien, Idealvorstellungen vom vollkommenen Menschen, Sinnbilder, die den Menschen Halt und ein Ziel geben und ihnen dadurch dienen – und nicht umgekehrt! Götter sind von den Menschen als Männer und Frauen, Jungen und Mädchen gedacht, *gedacht*, nicht geglaubt. Götter ♂ sind schaffend und zeugend, lenkend, ratschlagend, ordnend, waltend. Sie beherrschen Luft, Feuer und Wasser und halten Gericht unter dem Baum des Lebens, welchen man Yggdrasil nennt.

Göttinnen ♀ sind Mütter, nährend, spinnend, bewahrend, schön, liebend, empfangend, hervorbringend, gebärend.

Und indem auch wir heute noch diese Götter verehren, ehren wir das Leben und seine Quelle – die Liebe! Die Liebe hat Wünsche und Träume; sie schafft Leben, macht es stark und stolz, gibt Kraft und Zuversicht!"

Wie eine Tänzerin schwebt Nelly zu einem der Nackten hinüber, fasst ihn bei der Hüfte und winkt die Jungen zu sich heran. Julian erschrickt. Es ist genau jene Statue, die in der vergangenen Nacht Besuch von dem zauberhaft schönen Mädchen hatte, dessen Haare im Mondlicht seltsam glänzten, und tatsächlich: Die Blumen zu Füßen des steinernen Jünglings sind frisch!

„Das ist Apollo!", erklärt Nelly. „Sein Zeichen ist der schwarze Rabe, manchmal auch der Speer Güngnir, den er von Wuotan-Odin übernommen hat."

„Ich sehe aber keinen Speer!", wendet Maurice ein.

„Na, dann schau genauer hin!", lächelt Nelly vielsagend, stupst Apollos zartes Glied wie zufällig mit dem Finger an und fährt dann fort: „Apollo ist der schönste der drei alten Götter, die er heute verkörpert: Wuotan, der nordisch-germanische Odin, und der griechische Gottvater Zeus sind in Apollo aufgegangen, seit Hellas, Rom und Germanien vereint sind. Apollo ist das Stein gewordene Sinnbild der erwachenden männlichen Natur und ihrer stärksten Triebe. Er ist aber auch der Gott des Lichtes, des Frühlings, der Kunst, Musik, Ästhetik, Schönheit, Harmonie und der

Poesie. Er ist jung, neugierig und ja: er verzweifelt fast an seiner Sehnsucht nach körperlicher Liebe – *so wie ihr!*"

Nelly hat Recht! Anstatt sich in Apollos Nähe klein und unvollkommen zu fühlen, spüren die Jungen so etwas wie Stolz, Selbstbewusstsein. Das ist kein Gott, der auf sie herab schaut; das ist einer von ihnen!

Apollo strotzt nur so vor Gesundheit, Jugend, Tatkraft und sexuellem Wollen, obgleich weder sein Geschlecht noch sein Körper in irgendeiner Weise übertrieben dargestellt sind. Apollo ist ein junger Gott, der nichts anderes möchte als das, wonach auch Rick, Maurice und Julian verlangen.

Und als hätte Nelly die geheimsten Gedanken der Jungen durchschaut, erklärt sie weiter:

„Apollo steht für das Wünschen, Wählen, Wachsen und Wollen, auch für das körperliche Verlangen des Menschen, die sexuelle Begierde und für Fruchtbarkeit. Ohne Wünsche hätte der Mensch keinen eigenen Willen. Er würde nichts schaffen, das über ihn hinaus weist. Er hätte keinen Grund zu denken, sich Wissen anzueignen – oder zu lieben! Er wäre nicht mehr als ein Tier, der Affe, von dem er abstammt.

Ohne Wünsche gibt es kein Glück, denn glücklich ist der, dessen Wünschen und Wollen sich erfüllt, im Kleinen, ganz Privaten, in der Liebe oder der Familie, wie auch im Großen, wenn man ein Ziel erreicht, das man lange erstrebt hat. Glück ist Erfüllung, ist das, was mir wohl tut, was mir Friede, Freude, Lust, vielleicht sogar Ekstase bereitet.

Glück ist aber auch, wenn ich anderen wohl tue, ihnen helfe, ihre Ziele zu erreichen, wenn wir uns gemeinsame Wünsche erfüllen, auch ganz geheime, intime! Und wenn dann auch die *anderen mich* in ihr Glücksstreben einschließen, dann bekomme ich oft mehr von ihnen zurück, als ich gebe – so wie in der Liebe! Das hilft mir und euch, glücklich zu sein."

„Warum sind wir hier?", fragt Julian plötzlich.

„Nun, dass du diese Frage gerade jetzt stellst, zeigt mir, dass du die Antwort bereits kennst", antwortet Nelly. Maurice und Rick schauen sich ratlos an.

„Wir haben Wünsche und Träume und die Sehnsucht nach Liebe, genau wie Apollo", grübelt Julian.

„Aber das ist doch sicher nicht alles?", führt Maurice den Gedanken fort.

„Der Wunsch dreht das Rad der Gedanken. Wünschen ist Wollen, ist Schaffen, ist Mut, ist Erfinden und Erkennen – mit allen Sinnen", antwortet Nelly. „Ihr seid keine gewöhnlichen Jungs. Ihr seid Kinder der Natur! Ihr denkt logisch und seid zugleich emotionaler als andere Jungen eures Alters. Ihr seid achtsam und empathisch, intelligent und grenzenlos neugierig. Euer Geist und euer Körper sind der Frühling, sind Werden und Wachsen und Wollen! Ihr seid Freunde, aber nur, weil ihr alle drei Außenseiter seid, weil ihr außergewöhnlich seid. Ihr gehört nicht zur Herde; ihr lauft ihr nicht nach! Ihr versteckt euch nicht im Mittelmaß.

Asgard lebt vom Wollen und Können, von Kreativität, Klugheit und der Fähigkeit zu ganz tiefen Gefühlen – geistigen wie körperlichen – und vom Vermögen, Zukunft menschlich zu gestalten."

„Woher weißt du denn, dass wir wirklich so sind, wie du uns siehst?", fragt Maurice. Nelly zuckt nur vielsagend mit den Schultern: „Intuition? Magische Kräfte…?"

Nachdenklich betastet Julian den weißen Marmor. „Und weil Jugend gleich Werden, Wollen und Wachsen ist, sind auch eure Götter blutjung", vermutet er.

„Und weil ihre Schöpfer Novizen sind, ebenso wie ihre lebendigen ‚Originale', Jungen und Mädchen wie ihr!", erklärt Nelly. „*Jetzt* habt ihr es verstanden…!"

***

Nerthus

„Wollust …
das Garten-Glück der Erde,
aller Zukunft Dankesüberschwang an das Jetzt"[15)]

„W as für ein Weib!", jubiliert Rick angesichts einer Frauenfigur mit ausgeprägten Brüsten und fein säuberlich rasiertem Venushügel.

„Das ist Nerthus!", erklärt Nelly lachend. „Sie verkörpert *unsere Mutter Erde,* so wie es die Göttin Gaia bei den Griechen tut. Nerthus steht für Frieden und Fruchtbarkeit und sie ist die Göttin des Flachsanbaus. Sie sorgt dafür, dass wir nicht ständig nackt herumlaufen müssen!"

„Oh, das würde mich nicht stören", grinst Rick.

„Außerdem ist sie die Göttin der Jagd und der Brunnen – nur für den Fall, dass du einer kleinen Abkühlung bedarfst!", ergänzt Nelly schlagfertig.

„Ich hab noch nie so eine wunderschöne Frauenskulptur gesehen", haucht Julian begeistert und lässt seine Finger sacht über Brüste, Bauch und Schenkel der Göttin wandern.

„Sie ist auch eine Göttin der Liebe und des Lebens. Aus ihrem nährenden Schoß wachsen Pflanzen, Bäume, Früchte aller Art und Menschen – und wenn der Kreis des Lebens sich schließt, kehren sie alle wieder zu ihr zurück, zur Mutter Erde."

„Das klingt schön", flüstert Julian.

„Ja, als *Liebesgöttin* entspricht sie der griechischen Aphrodite! Die Ägypter nannten sie Isis, Göttin des Lebenskreises, der Geburt, des Todes und der Wiedergeburt", erklärt Nelly. „Nerthus ist eine sehr alte Göttin und hat die ägyptische, griechische, römische und schließlich die germanisch-nordische Kultur erlebt."

„Alt? Dafür sieht sie aber noch ziemlich scharf aus!", lästert Rick und verpasst der Göttin einen Klaps auf den Po. „Schade, dass sie aus Stein ist..."

„Oh! Du kannst sie in einigen Tagen ganz und gar lebendig begrüßen!", antwortet Nelly lächelnd. „Du darfst sogar mit ihr baden gehen, beim Frühlingsfest!"

„Frühlingsfest? Erzähl uns davon!", bittet Maurice.

„Nein, nein!", antwortet Nelly spitzbübisch und setzt ein geheimnisvolles Lächeln auf. „Das ist eine Überraschung! Und ich glaube, *diese* Überraschung wird euch Jungs sehr gefallen!"

***

Die Tage auf Asgard beginnen mit dem Sonnenaufgang, im Sommer also sehr früh, im Winter dafür später. Rick, Maurice und Julian bewohnen gemeinsam einen einzigen Raum, jenen, in dem Julian vor ein paar Tagen als letzter in der neuen Welt aufgewacht ist.

Ein gewaltiger Kamin sorgt nachts für Wärme. Tagsüber ist es hinter den dicken Mauern der Burg angenehm kühl.

„Geduscht" wird am Brunnen, gleich neben Rögnirs Tränke. Hier treffen die drei täglich auf Finn und Laurien, zwei Jungen, mit denen sie sich schnell anfreunden. Sonst scheint es nur noch vier oder fünf weitere Jungen auf Asgard zu geben. Es herrscht gewissermaßen „Männermangel" – Rick, Maurice und Julian kommt dies gelegen.

Finn ist etwa 17 oder 18 – so genau weiß das hier niemand – und hilft den drei Neuen nach Kräften, sich zu Recht zu finden. Er ist eine Art Naturbursche mit fast schulterlangen, dunkelblonden Haaren und irgendwie melancholisch blickenden, blauen Augen.

Laurien ist der flippige 10-jährige, der Nelly am ersten Tag ihres Hierseins die Show gestohlen hat.

Es gibt weder elektrischen Strom, noch irgendwelche technischen Geräte; kein Radio, TV, Internet, Telefon, dafür aber Bücher im Überfluss – dicke, schwere Wälzer, in Leder gebunden und mit aufwendiger Goldprägung!

Alle Novizen können hervorragend reiten. Pferde scheinen überhaupt das einzige Fortbewegungsmittel zu sein, von den eigenen Füßen abgesehen.

Das Leben auf der Burg ist einfach, aber nicht langweilig. Wären die jungen Novizinnen in körperlichen Dingen nicht ausnehmend freizügig, man könnte glauben, Asgard sei ein Nonnenkloster, in das sich ein paar Mönche verirrt haben.

Man pflegt kleine Gärten und baut außerhalb der Burg Feldfrüchte, Getreide, Obst und Gemüse an.

Die Kleidung wird selbst angefertigt – traditionell aus Flachs oder Hanf! Und auch die berauschende Wirkung der letztgenannten Pflanze scheint bekannt zu sein. Allerdings nutzen die Novizen lieber Tee, um ihre Stimmung anlässlich gewisser Gelegenheiten aufzuhellen. Die Kräuter, Wurzeln und Pilze dafür sammeln sie in den umliegenden Wäldern.

In den ersten Tagen schauen die Jungen bei den täglichen Verrichtungen auf Asgard meist nur zu. Irgendwann packt Maurice einfach mit an, als er sieht, wie sich einige Mädchen mit einem altertümlichen Pflug herumplagen. Ein rabenschwarzer Hengst zieht den Pflug; Maurice versucht, ihn zu steuern und eine einigermaßen gerade Ackerfurche hin zu bekommen. Die Mädchen schauen zu und lachen.

„Was gibt's da zu grinsen?", ärgert sich Maurice, dem der Schweiß auf der Stirn steht, indes die Mädchen nur kichern, ja sich sogar weigern, wenigstens den Samen oder die Pflanzkartoffeln in die Furchen zu legen.

„Das ist Männerarbeit!", antwortet Gna spitz.

„Wisst ihr denn nicht, was der Pflug und die Ackerfurche bedeuten?", raunt Menja, tritt unverhofft ganz nahe an Maurice heran – und fasst ihm dreist zwischen die Beine.

„Die Erde ist weiblich und die Ackerfurche führt zur Quelle des Lebens und des göttlichen Glücks", haucht sie dem verdutzen Jungen vielsagend zu.

„Magst du die Quelle suchen … und erforschen?"

Und ob Maurice das möchte! Leider kommt ihm ein anderer zuvor...

„Aha! Dann ist der Pflug also nichts anderes als ein symbolischer Phallus!", vermutet Rick.

„So ist es, mein Hübscher!", haucht Menja und wendet sich nun dem hellblonden Jungen zu. „So wie der Baum ein Symbol des erigierten Phallus ist und der Regen und der Tau für den Samen stehen! Doch wartet noch ein Weilchen! Das Frühlingsfest wird euch *nicht nur eine* Gelegenheit geben, eure Männlichkeit zu beweisen …"

***

Und dann ist es soweit: Das Frühlingsfest steht vor der Tür! Schon am Morgen sind alle Mädchen und Jungen aufgeregt und wuseln wild durcheinander über den Burghof. Ein Wagen verlässt eilig die Burg, gezogen von drei schneeweißen Pferden.

„Was sind das denn für welche?!", ruft Rick aufgeregt, als zwei halbnackte Mädchen auf rabenschwarzen Hengsten dem Wagen hinterherpreschen.

„Valkyren!", antwortet Nelly. „Streitmädchen! Sie schützen Nerthus, die *lebendige* Nerthus, nicht die Marmorskulptur!"

„Ist sie im Wagen?", fragt Julian.

„Nein", antwortet Nelly. „Die Valkyren holen sie ab.

Nun aber schnell! Ihr müsst euch vorbereiten! Finn erklärt euch alles!"

Finn führt die Neuen in den Pferdestall, wo sie ihre erste Überraschung erleben: Die anderen Jungen von Asgard sind alle schon hier – und sie sind allesamt *völlig nackt!*

„Na los, zieht euch aus!", befiehlt Finn, während er selbst aus seinen Kleidern schlüpft.

„Was … was soll denn das werden?", fragt Maurice verwirrt, als Finn und die anderen ganz selbstverständlich damit beginnen, sich gegenseitig von oben bis unten mit einer rabenschwarzen Masse einzuschmieren, die irgendwie an Schuhcreme erinnert.

„Macht einfach mit! Ihr werdet schon sehen!", antwortet Finn geheimnisvoll.

Zögernd entledigen sich Rick, Maurice und Julian ihrer wenigen Kleidungsstücke und beginnen, sich gegenseitig mit dem schwarzen Fett einzureiben. Finn scheint Gefallen daran zu finden, Julian an sehr persönlicher Stelle behilflich zu sein und auch Rick, Maurice und die anderen Jungen entdecken schnell die erotische Seite der bizarren Salbung.

Endlich sind alle vollständig schwarz und sichtlich aufgeregt oder, um genau zu sein: *erregt!* Dieses Frühlingsfest muss wirklich etwas ganz Besonderes sein …

Acht rabenschwarz glänzende, nackte Jungmänner stehen bereit, als Nerthus im blumengeschmückten Gespann vorfährt.

Die Rolle der Nerthus haben die Mädchen unter sich ausgelost und während die Göttin ein leuchtend weißes Kleid trägt, sind die anderen Mädchen nur mit einem knappen, hellen Schurz gekleidet, der fast nichts verbirgt. Auch die Valkyren sind wieder da. Der Anblick von so viel junger Weiblichkeit lässt keinen der Jungen kalt, doch nun sind *sie* an der Reihe!

Mit aller Kraft ziehen die Jungen von Asgard Nerthus' Wagen durchs Tor, denn alljährlich im Frühling fährt die Göttin über das erwachende Land und spendet ihm Fruchtbarkeit. Die Streitmädchen sorgen dafür, dass der Weg frei ist und dass keine der Novizinnen den „schwarzen Männern" zu nahe kommt. Die Valkyren tragen zwar keine Waffen, doch Gerte und Peitsche sind mindestens ebenso effektiv.

Die Mädchen von Asgard singen und tanzen um das sich langsam vorwärts bewegende Gespann. Mit vereinten Kräften ist es für die Jungen nicht schwer, das hölzerne Gefährt zu bewegen und so haben Rick, Maurice und Julian Gelegenheit, das überaus anregende Geschehen ringsum zu beobachten. Dessen „erhebende" Wirkung auf die Knaben entgeht den Mädchen natürlich nicht! Ganz im Gegenteil! Genau *darum* geht es!

Der erigierte Penis ist ein stolz dargebotenes und von den Mädchen mutwillig provoziertes Fruchtbarkeitssymbol.

Er *steht* (!) für Gesundheit, Stärke und Zeugungskraft – im wahrsten Sinne des Wortes!

„Was tun die?", fragt Julian erschrocken, als sich einige besonders freche Novizinnen den schwarzen Jungen nähern. Doch bevor ihm Rick antworten kann, bekommt er von Ana einen schmerzhaften Klaps auf den Hintern – wofür diese ein paar gepfefferte Hiebe von den Valkyren kassiert.

„Je schwärzer, umso besser!", lacht Finn den Neuen laut zu. „Es ist eine Mutprobe! Sie holen sich schwarze Hände, immer wieder, auch wenn sie dafür Schläge bekommen! Passt nur auf, wie sie aussehen, wenn wir am Ziel sind!"

Tatsächlich versuchen die Mädchen nun immer öfter, die nackten Körper der Jungen zu berühren. Ihre schwarzen Hände schmieren sie sich ins Gesicht, auf Brüste und Bauch, Arme und Beine und sie scheinen darin zu wetteifern, wer am Ende die Schmutzigste, die Schwärzeste von ihnen ist.

Lachen, das scharfe Pfeifen der schlanken Gerten und die Schmerzensschreie der Mädchen mischen sich mehr und mehr in den Gesang.

„Alle Achtung! Die gehen aber ran!", resümiert Maurice.

Arme, Schultern, Po und Beine – immer wieder versuchen die Novizinnen, etwas von der Schwärze der Jungen zu erhaschen.

„Jede will die Mutigste sein!", erklärt Finn.

„Und zum Schluss darf die Mutigste einen von euch auswählen!", freut sich der kleine Laurien und grinst. Dass er selbst auf Grund seines Alters nicht zur Auswahl steht, scheint ihn nicht zu stören, aber offenbar kennt er das alljährliche Ritual bereits bis ins kleinste Detail.

Der Weg führt ins Tal in die dichten Wälder am Fuße der Burg.

„Der Weiher! Der Mondsee!", wundert sich Maurice. Hier irgendwo muss der Bach sein, von wo aus Ana ihn nach Asgard gelockt hat.

„Jetzt kommt das Beste!", freut sich Finn.

„Und das wäre?", fragt Rick erwartungsvoll zurück.

„Jetzt wird sie gebadet!", antwortet Finn.

„Wer? Nerthus?"

„Na klar!", jubelt Finn.

Am See angekommen, fallen die Novizinnen in einen regelrechten Rausch der Begeisterung. Die Jungen genießen still – und haben doch keine Chance, ihre Vorfreude und ihre Aufregung zu verbergen.

Indes die beiden Valkyren der Göttin beim Verlassen ihres Wagens behilflich sind, bilden die Mädchen lachend und singend eine Gasse, die direkt in den See führt. Auch Nelly ist da.

„Nerthus badet gerne!", erklärt sie und ergänzt lächelnd: „Und ihr dürft ihr dabei helfen!"

Würdevoll schreitet die Göttin zum Ufer. Dort wird sie von zwei Mädchen entkleidet und steht nun völlig nackt mit den Füßen im Wasser.

„Das ist ja Nanna[16]!", freut sich Nelly.

Am Ufer steht ein blonder Engel, dessen glänzende Haare fast bis zum Po reichen – nicht mehr Mädchen, noch nicht Frau. Schlank ist Nanna. Ihre Brüste jedoch und ihr Po, ja ihr ganzer ebenmäßig geformter Körper lassen schon die Frau und ihr weibliches Feuer erahnen. Voller Stolz steht Nanna dort. Sie spielt ihre Rolle gut und doch kann sie ihre mädchenhafte Freude darüber, dieses Jahr die Göttin spielen zu dürfen, nicht ganz unterdrücken. Nerthus, der blühende Frühling! Die Mädchen haben eine gute Wahl getroffen!

Sogleich springt der kleine Laurien hinzu, nimmt Nanna-Nerthus bei der Hand und führt sie, gleich einer geliebten Schwester, mit allergrößter Vorsicht in den kleinen See. Am Ufer warten derweil die schwarzen Jungen auf ihren Auftritt. Als Nanna-Nerthus ihnen winkt, schreiten Finn und die drei Neuen gemessenen Schrittes ins Wasser, verneigen sich vor der Göttin und beginnen mit bloßen Händen, die Nackte zu waschen.

Voller Zärtlichkeit, jede noch so keine Berührung genießend, behutsam und liebevoll verwöhnen Finn, Rick, Maurice und Julian die samtweiche Haut des Mädchens mit dem glasklaren Wasser des stillen Waldweihers.

„Das ist das Schönste, was ich jemals erlebt habe!", haucht Maurice. „Es ist wie ein Geben und Nehmen zugleich, ein Schenken und Genießen."

Die anderen Novizinnen singen und klatschen in die Hände und allmählich verlieren Rick, Maurice und Julian ihre Scheu. Liebevoll streicheln sie Nanna-Nerthus' Brüste, Bauch, Po und Schenkel und endlich wagt Rick es als Erster, vor Nerthus niederkniend, den verborgenen Lustgarten der Göttin zu suchen, zu erkunden, zu pflegen, zu küssen und seinen wilden Wein zu kosten. Nerthus dankt es, indem sie dem Jungen bedeutet, sich zu erheben, ihn umarmt und nunmehr ihrerseits beginnt, die Reste der mysteriösen schwarzen Salbe von Ricks Körper abzuwaschen. Jede einzelne ihrer Bewegungen strahlt dabei Würde, Anmut und Leben aus, heißes Verlangen ebenso wie Achtsamkeit und Liebe.

Rick wird nicht einfach von der Göttin gewaschen – er wird, gleich einem Geschenk, gleich einem wertvollen Schatz ans Licht geholt, von Schmutz und Schwärze befreit. Jede Berührung der Göttin ist eine Huldigung an den nackten Jungen, dessen jugendliche Männlichkeit in voller Blüte steht. Die *Göttin* dient dem Verlangen des Novizen, der Liebe, der Lust, dem *Leben* – und nicht umgekehrt!

Nicht nur Rick ist sichtlich erregt. Auch die anderen Jungen imponieren durch prächtige Erektionen. Die gehören zum Ritual und alle sind ist mächtig stolz darauf, denn schließlich hat der Liebesgott Freyr, der etwa dem griechischen Eros und dem römischen Amor entspricht, dem Mann die

Kraft der Zeugung und der Frau das *sinnliche Verlangen* geschenkt!

Als Nerthus Rick tiefer ins Wasser führt, rufen die Novizinnen plötzlich wie aus einem Mund immer wieder das gleiche Wort. Es hört sich an wie „Nord" oder „Nörd".

„Was tun sie?", fragt Julian die Lehrerin, die immer wieder unauffällig die Nähe der Jungen sucht, um ihnen alles zu erklären.

„Nerthus hat gewählt!", antwortet Nelly. „Von heute an erfüllt Rick die Rolle des Njörd. Er ist nun Nerthus' Gatte für ein Jahr! Njörd ist der Gott des Windes und des Feuers! Und weil auch die Leidenschaft ein loderndes Feuer entfacht, ist Njörd auch der Gott der körperlichen Liebe. Sein Attribut ist der Adler! Der Adler zeugt; die Schlange verführt – und tötet. So dienen beide dem ewigen Kreis aus Werden und Vergehen."

„Oh je!", antwortet Maurice. „Nur *ein* Mädchen! Das wird Rick aber gar nicht gefallen. Er steht doch mehr auf Abwechslung!"

„Nun, da ist er bei Nerthus genau richtig! Sie wird ihm die Geheimnisse der Liebe lehren und ihn ermutigen, das Gelernte mit den anderen Mädchen zu teilen! Allerdings ist Nanna-Nerthus in Liebesdingen nun für ein Jahr seine Favoritin. Er muss vorrangig für *sie* da sein und das kann ziemlich anstrengend werden!", amüsiert sich Nelly.

„Und was wird aus uns?", fragt Maurice spitzbübisch.

Statt einer Antwort zeigt Nelly nur zu den anderen schwarzen Jungs hinüber, die längst nicht mehr schwarz sind, dafür aber von einem schwarzen Mädchen gründlich gemustert werden – sehr gründlich sogar.

„Das ist Menja!", erkennt Julian.

„Stimmt", bestätigt Nelly. „Sie ist eine kleine, flinke, manchmal ein bisschen vorlaute Novizin, aber total lieb. Sie hat rabenschwarzes Haar – auch ohne Salbe.

Vielleicht hat ihr das ein wenig geholfen, die Schwärzeste zu werden? Ich bin gespannt, wen sie wählt!"

Menja wählt einen Jungen namens Tius – und Julian fühlt sich von einer Sekunde auf die andere so grenzlos einsam, dass er Asgard am liebsten sofort den Rücken kehren würde.

Was Rick und Nanna-Nerthus wohl gerade machen?

***

Nanna

Stille umfängt Rick und Nanna-Nerthus, als sie nach kurzer Wanderung auf uralten, geheimen Wegen eine beschauliche Waldlichtung erreichen, die seit alters her den heiligen Hochzeiten vorbehalten ist, jenen uralten Ritualen, die uns Menschen im Liebesakt teilhaben lassen an der göttlichen Urkraft, der ungezügelten Daseinslust, den stärksten und schönsten Gefühlen, die das Leben uns zu schenken vermag.

Das Frühlingsfest ist längst weit weg.

Stumme Erwartung lässt die Augen des „göttlichen" Paares glänzen. Nackt ruhen sie aus und geben sich ihren Träumen hin.

Ein sanfter Windhauch berührt Nanna-Nerthus' Haut. Ganz nahe kuschelt sie sich zu Rick, scheint in den Armen des Jungen zu träumen, indes ein stilles Lächeln das wunderschöne Mädchengesicht verzaubert.

Trunken vor Glück betrachtet Rick das gelegentliche Blinzeln ihrer geschlossenen Augen und die mädchenhaften, doch schon vollkommenen Brüste, die sich im ruhigen Rhythmus von Nannas Atem sanft auf und ab bewegen. Da liegt sie auf dem Rücken im weichen Wildgras, *seine Göttin*, nackt, schön, geheimnisvoll...

Flammengleich umlodert sonnenblondes Haar Nannas Antlitz und Rick meint zu ahnen, dass dieses Traumgesicht von der *Liebe* erzählt, von der Sehnsucht, im Rausch der Lust dieser Welt zu entschwinden (und sei es nur für wenige Augenblicke) und von dem uralten Verlangen der Frau nach dem Mann.

Nannas Wangen sind gerötet! Kann ein Mädchen schlafend aufgeregt sein? Kann ein Mädchen schlafend *erregt* sein?

Oder spielt sie nur?

Liebevoll küsst Rick das niedliche kleine Stupsnäschen der Göttin. Sie spürt es nicht.

Auch die zärtlichen Küsse, mit denen er dem feurigen Rot ihrer Lippen huldigt, spürt sie nicht.

Still, staunend und voller Achtsamkeit für dieses übersinnliche Wesen genießt der Junge die tiefe Zufriedenheit, die aus Nannas Antlitz spricht. Und dann traut er sich, folgt, geführt und geleitet von einer unsichtbaren Kraft, geheimen Pfaden; erforscht, ergründet und verwöhnt Millimeter um Millimeter die sanfte Harmonie und Vollkommenheit des nackten Mädchenkörpers.

Schüchtern und unsicher fühlen schmale Jungenhände die weiche Wärme der kleinen, köstlichen Rosenäpfel, deren Knospen nun neugierig, willig, begierig nach Berührung den verführerischen Fingern entgegen wachsen, indes sich Nanna unter Ricks hauchzarten Streicheleinheiten zufrieden räkelt.

Selbst im Schlaf genießt die Göttin die unübertreffliche Zärtlichkeit des Jungen, entspannt und streckt sich genüsslich – und träumt weiter, mit einem zufriedenen Lächeln im Gesicht.

Schläft sie wirklich?

Was für ein Wunder der Natur!

Welch erregende Weiblichkeit!

Behutsam formt und herzt Rick Nannas Brüste, verwöhnt sie schließlich mit der Zunge und schenkt ihnen hauchzarte Küsse.

Weiter führt der Weg die neugierigen Knabenfinger, talwärts, hinab zu dem kleinen See in Nannas Bauchnabel. Der schmeckt salzig, doch Rick trinkt ihn ganz aus! Nanna dankt es mit einem leisen, behaglichen Stöhnen.

Abrupt stoppen die sinnlich frechen Finger. Angestrengt lauscht der Junge nach Nannas Atem. Geht er nicht schneller schon als noch vor ein paar Minuten? Schlägt ihr Herz schon höher?

Schläft sie noch?

Nein! Nanna schläft längst nicht mehr – wenn je sie überhaupt schlief! Verträumt folgt ihr Blick zwei leichten, lichten Wölkchen am tiefblauen Himmel...

Dann dreht sie sich auf den Bauch. Und dann entdeckt sie einen kleinen, bunten Schmetterling, der sich eben anschickt, zu seinem allerersten Flug in den Frühling aufzubrechen.

Was die Göttin jetzt wohl denkt?

Leicht wie der Schmetterling auf seiner Blüte tanzen Ricks Finger über nackte Mädchenhaut, streicheln, stupsen und liebkosen Hügel und Täler, Licht und Schatten, die weichen, fließenden Formen zauberhaft schöner Weiblichkeit, die sich so sehr nach Liebe und Zärtlichkeit sehnen.

Stumm, nur mit dem Glanz ihrer Augen, erzählt Nanna dem Schmetterling von ihrem Glück – und zum Dank steigt das zierlich bunte Wesen flatternd in den Himmel auf, Nannas Lust, Nannas trunkenes Verlangen mit sich in lichte Höhen tanzend...

Abwärts gleiten Ricks Finger, tauchen ein in jene anmutige Schlucht, die den kleinen göttlichen Popo in zwei reizende Bäckchen teilt. Die *Finger* ahnen schon den Quell des Lebens, Nannas heiligen Gral der Lust und das Ziel männlichen Verlangens im Schatten zarter, weicher, blut-durchpulster Lippen. Die Lippen verbergen ihn, schützen ihn – den Born, der längst überquillt, und sie machen sich ganz dick dafür! Allein: Es hilft ihnen nichts, denn Ricks fleißige Finger rutschen und flutschen einfach hindurch ...

Da fliegt er weg, der Schmetterling ...

Nannas Körper erbebt. Erschrocken ziehen die Finger sich zurück.

Die Göttin erwacht!

Traumtrunken schaut sie den Jungen an, so als bemerke sie Rick gerade erst in diesem Augenblick.

Dann dreht sie sich auf den Rücken, die schöne nackte Nanna-Nerthus, und während sie ihre reizenden Beine betont langsam anzieht, die Hände behaglich hinter den Kopf bettet und ein wohlig-wonniger Laut ihrer Kehle entfährt, öffnen sich dem staunenden Jungen Nannas atemberaubend erotische Schenkel, herausfordernd, provozierend, verlangend nach mehr ...

Schon sind Ricks Finger wieder da. Sie suchen, sie finden die Perle des Glücks, sie tasten und streicheln und tauchen hinab in honigsüße Tiefen.

Weich, zart, sinnlich, verletzlich und hungrig nach männlicher Erfüllung ist Nannas zierliche Feige und jede kleinste Berührung lässt die rosige Blüte erzittern, gleich einem Tautropfen, der sich übermütig in ihren Kelch stürzt.

Oder stürzt er gar nicht?

War womöglich der Kelch es selbst, der den Tropfen gebar?

Und da! Die Göttin erinnert sich!

Eilig streben nun *Nannas* Finger einem geheimen Ziel entgegen! Sie suchen, sie finden Ricks stolze, stramme Männlichkeit; sie befreien, enthüllen und liebkosen die pralle Lusttraube des Jungen und verwöhnen sie mit hauchzarten Streicheleinheiten.

Längst ist der bunte Schmetterling dahin – verschwunden, verflogen, versteckt vielleicht, wartend, mitzitternd, sich mitfreuend – ein leichter, lichter Zeuge göttlicher Lust...

Ein neues Beben durchwogt den Leib der Göttin, schmerzhaft brennendes Verlangen, das ihr ungeahnte Kräfte verleiht. Krampfhaft umklammert sie Ricks Schultern, seine Hüften, seinen Po, prüft und liebkost seine Männlichkeit – und zieht den längst glutheißen Jungmann schließlich entschlossen zu sich, auf sich, *in* sich …

Versinkend im Rausch intensivster Gefühle beschenkt und verwöhnt Rick seine Göttin – *ganz* langsam, *ganz* tief, männlich kraftvoll und doch – unglaublich zärtlich und voller Behutsamkeit.

Schier unendliche Minuten trunkenen Glücks sind Jüngling und Göttin *eins* im Sturm der Lust.

Als Rick sich schließlich in Nannas Rosenbecher ergießt, sinken Göttin und Mensch erschöpft, ja erlöst, sich umarmend und glücklich wie zwei Kinder, ins weiche Bett der Natur…

***

Die Daunenfeder

Fenja mag diesen Ort der Klarheit und der natürlichen Harmonie. Schon als sie noch ein kleines Mädchen war, kam sie hierher, um zu träumen und die Beine im kühlen Wasser des leise dahinplätschernden Waldbaches baumeln zu lassen. Erst viel später entdeckte sie die andere Seite dieses geheimen Ortes mitten im Wald, die Romantik und das Gefühl, hier alles viel sauberer, klarer und tiefer zu sehen und zu spüren als irgendwo auf der Welt. Seitdem flieht Fenja immer wieder in ihr kleines Paradies, gönnt sich diese Zeit der Stille, um in sich hineinzuschauen, ihren Körper, ihren Geist und ihre Seele zu erforschen und sich selbst ganz bewusst zu erleben.

Irgendwo in den Baumkronen singen zwei Vögel ihr Liebeslied. Fenja kann sie nicht sehen, obwohl sie schon seit einigen Minuten die weit über ihr zusammenfließenden Wipfel betrachtet, einen Dom aus Licht, Schatten und natürlichem Grün.

Der Waldboden ist an dieser Stelle von samtweichem Gras bedeckt. Lang ausgestreckt und völlig entspannt, die Hände unter dem Kopf, träumt Fenja in den Tag hinein. Sie trägt nur ein leichtes, luftiges Kleid. Ihre Gedanken kreisen um Rick. Warum ist er nicht hier?

Fenja ist neidisch auf Nanna.

Gerne hätte sie, Fenja, in diesem Jahr die Rolle der Nerthus gespielt und ja, auch *sie* hätte Rick gewählt, einen der drei Jungen, die erst seit wenigen Tagen Novizen der Burgschule sind.

Halb im Traum, halb in Gedanken, gleich einer Daunenfeder, lässt Fenja sich wie ein still dahingleitendes Laubblatt ins Himmelblau dieses herrlich warmen Frühlingstages fallen. Alle Leinen hat sie gelöst, durch die sie gerade eben noch mit der trügerischen Sicherheit des kleinen Fliegers verbunden war. Im freien Fall der Gefühle lässt sie all ihre schweren und doch so unwichtigen Gedanken los. Endlich ist sie frei...

Frei wovon? Frei wozu?

Gelöst blickt Fenja zu den Baumwipfeln hinauf, die sich sanft im lauen Wind wiegen. Sie spürt genau, wo ihr Körper das wunderbar weiche Gras berührt und sich behaglich an den warmen Waldboden schmiegt. Ganz bewusst zeichnet sie in Gedanken ihre ausgeprägt weiblichen Konturen nach, lässt dieses Gefühl, dieses berauschende Nichts, allmählich körperabwärts fließen und tastet sich tief hinein in ihren Geist, ihre Seele und jeden einzelnen Körperteil. Frei von allen Zwängen, Vorstellungen und Rücksichten lauscht die junge Novizin dem Fluss der Natur in ihrem Inneren.

Unruhe macht sich breit, eine angenehme Unruhe, ein aufwühlendes Wohlgefühl, das sich entlang des Rückgrates abwärts hangelt. Verträumt spielt Fenja mit dem Saum ihres Kleides, lässt ihre Fingerspitzen aufwärts wandern und öffnet ihnen bereitwillig den Weg. Welchen Weg?

Wie zum Dank eilt ein unbeschreiblich schönes Kribbeln den zarten Mädchenhänden voraus, ein Gefühl gleich Flammenzungen, das Fenjas verborgene Mitte trifft, heißes Wollen entfacht und der Träumenden beinahe den Atem nimmt.

Fenja gleicht der einsamen Göttin, die sich hungrig an sich selber labt. Verspielt drängt sie den störenden Stoff des Kleides nach oben, streift es ab, macht sich frei für sich selbst. Licht und Schatten, das flirrende Abbild des Windes in den Wipfeln, lassen die von allen Zwängen befreiten Brüste des Mädchens lebendig werden. Nichts verdeckt nun mehr die bezaubernden Rundungen, deren Gipfel sich begierig der Sonne entgegen recken.

Eine Welle prickelnder Erotik umfängt Fenjas schlanke Hüften, um dann in Windeseile von ihrem gesamten Körper Besitz zu ergreifen. Erwachende Stürme der Lust zeichnen unsichtbare Linien auf makellose Mädchenhaut. Sie führen von Fenjas schlankem Hals über die aufblühenden Knospen ihrer Brüste und umschmeicheln den Nabel, in dessen Tal eine silberne Träne schlummert. Weiter streben die Wogen wachsender Erregung – hinab zu dem überaus anmutigen Venushügel, um schließlich, allen Blicken entzogen, in Fenjas Intimsten zusammen zu treffen.

Ein Hauch heißen Begehrens berührt zärtlich die Pforte ihrer Weiblichkeit, umspielt Fenjas Po und entlockt der in sinnlichen Fantasien Schwelgenden ein glückstrunkenes Stöhnen. Und noch weiter fließt das Gefühl hinab, um sich schließlich im Nichts zu verlieren.

So folgt Welle auf Welle, eine sich selbst aufwühlende Brandung, die in einen gewaltigen Sturm hineinzuwachsen droht.

Inmitten dieses Hinüberwachsens in eine Welt tiefster, atemberaubender Gefühle nimmt eine faszinierende Erscheinung Fenjas Aufmerksamkeit gefangen:

Dort, unter der uralten, sich bedrohlich neigenden Eiche – steht *Finn!*

Warum Finn? Warum nicht Rick?

Finn ist vollkommen nackt! Kein Laut ist zu hören. Mit aller Kraft stemmt sich der Körper des Jungen dem Baumriesen entgegen. Nun erst erkennt Fenja die Gefahr, in der sie schwebt: Der Baum lebt, bewegt sich! Die mächtigen Äste des sich quälend langsam neigenden Giganten werden Fenja zweifellos unter sich begraben – *wenn Finn nicht standhält!*

Was ist dieser Baum? *Wer* ist dieser Baum?

Schlagartig begreift Fenja:

Der Baum *ist* Finn! Symbolisiert nicht der Baum Kraft, Härte und männlichen Schutz? Steht nicht der Baum – so wie der Phallus – für Mannbarkeit?

Finn *beschützt* sie, Fenja – vor dem fallenden Baum ebenso wie vor einer Zukunft ohne Liebe!

Und wenn er sie schützt, *dann beschützt er das Leben selbst, seine Quelle, die Frau, die Gebärerin!*

Und dann rasen tausend Gedanken durch Fenjas Kopf:

Das Leben und die Liebe ganz intensiv, bewusst und mit allen Sinnen erleben, genießen, auskosten bis zum allerletzten Tropfen – *das* ist das Wertvollste, das wir besitzen, wir, die wir das einzige Wesen sind, das um die Endlichkeit seines Daseins weiß. Es gibt kein Davor und kein Danach!

Ein titanisches Bild! Ein titanischer Kampf! Ein ungleicher Kampf! Mann gegen Baum!

Aber kann Finn diesen Kampf gewinnen? Er ist stark, heißblütig und stolz, aber er ist fast noch ein Junge! Und woher wusste Finn …? Und wieso ist er nackt?

Das Bild ist unwirklich, ergreifend, bezaubernd: Der knabenhafte Jungmann gegen die Urkräfte der Natur! Die Rechte über seinem Kopf, die Linke auf Brusthöhe in den rauen Stamm verkrallt, versuchen Finns kräftige Oberarme, den Sturz des Baumes aufzuhalten. Deutlich zeichnen sich Finns Muskeln unter der Haut ab.

Der stumme Kampf scheint zum Stillstand gekommen zu sein. Nass glänzt der nackte, von Kopf bis Fuß angespannte Jungenkörper im Sonnenlicht. Die Gefahr allmählich vergessend, genießt Fenja diesen einmaligen Anblick. *Wenn* sie schon sterben muss, dann soll genau dieses Meisterwerk aus Natur und Erotik ihre letzten Sekunden versüßen. Der völlig absurde Gedanke zerfließt in einem Nebel aus unzähligen Gefühlen, die alle gleichzeitig Fenja umgarnen.

Kaum spürbar verwöhnt eine kleine Daunenfeder ihre zarte Haut, umschmeichelt die festen Spitzen ihrer köstlichen Brüste, um gleich danach voller Ungeduld abwärts zu streben, verspielt streichelnd, tanzend – und suchend nach dem Quell des Lebens.

Fenjas Atem wird schneller. Die Bäume um sie herum schauen wispernd auf die sich selbst verwöhnende junge Frau herab.

Bäume sind Menschen, erinnert sich Fenja einer uralten Legende. Wenn der Mensch stirbt, kehrt er zurück zu dem Baum, von dem er einst kam. Auch jeder lebende Mensch hat seine Entsprechung in einem Baum, nur weiß er nicht, *welcher* Baum das ist und wo man ihn findet. Stirbt der Baum, stirbt auch der Mensch. Vielleicht kämpft Finn deshalb so verbissen gegen das Unvermeidliche? Ist jener Baumriese womöglich *sein* Baum? Ist er womöglich sogar *ihr* Baum?

Noch immer hält Finn, schweigend und unbeweglich, der übermächtigen Naturgewalt stand. Als er für einen Augenblick zu Fenja herüber schaut, geht ein beängstigender Ruck durch den sich gefährlich neigenden Stamm – und ein Blitz aus purem Gefühl durchzuckt den Körper des heftig erregten Mädchens.

Nur eine einzige Sekunde war Finn unaufmerksam, doch schon hat er sich selbst und den ungleich stärkeren Feind wieder im Griff.

Fenja ist begeistert von dem Schauspiel, das sich ihr bietet. Finns schlanke, athletische Hüften sind angespannt wie die Sehne eines Bogens, so dass Fenja Angst bekommt, Finn könnte unter der gewaltigen Last zerbrechen.

Der nackte, jetzt steinharte Po wirkt angesichts der übermenschlichen Anstrengung, als würde er von einer unsichtbaren Macht zusammengepresst. Fenja kann und will sich nicht mehr von diesem Anblick lösen, koste es, was es wolle. Deutlich spürt sie die Feuchtigkeit im verborgenen Brunnen ihrer Lust. Sie will mehr! Fenjas Seele, ihr Geist, ihr Körper, ihre Haut und ihre längst schon glühend heiße Weiblichkeit – alles an ihr, alles in ihr ist bereit und sehnt sich nach *diesem* Jungen!

Flammen der Erregung züngeln in ihrem Schoß, als sie ihre blutdurchpulste Feige zärtlich liebkost. Fenja hat keine Angst davor, dass jederzeit jemand kommen und sie sehen kann, im Gegenteil! Allein der Gedanke daran heizt ihr erst richtig ein! Als sie die Perle ihrer Lust berührt, zerreißt ein heißer, erstickender Schrei die harmonische Klangkulisse des Waldes. Fenjas Herz rast, ihr Atem geht heftig. Einem unwillkürlichen Reiz folgend, spreizt sie ihre Beine nun weit auseinander und massiert, halb sitzend, halb liegend, den heiligen Gral.

Unterdessen scheint das beeindruckende Standbild des Jünglings, der verzweifelt um das Leben seiner Geliebten kämpft, lebendig zu werden. Keuchend drängt Finn den riesigen Stamm zurück, Millimeter um Millimeter. Seine Beinmuskeln arbeiten heftig. Wie in Zeitlupe zwingt Finn seinen Körper und den Baum Stück für Stück aufwärts. Ein brillantes Schauspiel nackter, unberührter Natur!

Gebannt folgt Fenjas Blick dem angespannten Körper des beharrlich kämpfenden Jungen.

Von den Schultern über die Rippen hinab zum Becken-
ansatz berauscht sie sich an der Harmonie dieses blühenden
und doch schon perfekten nackten Apolls. Aufs Äußerste
angespannte, kräftige Oberschenkel ergänzen dieses
Monument vollendeter Schönheit.

Erneut brandet ein feuriges Prickeln durch Fenjas Körper,
als sie des ansehnlichen Geschlechts in Finns Schritt gewahr
wird. Wie gerne würde sie diese Artefakte blutjunger
Männlichkeit aus der Nähe betrachten, erforschen,
begreifen, verwöhnen und vielleicht sogar ein wenig –
quälen?

Stolz steht nun der Baum. Stolz steht auch Finns Männlichkeit. Stolz präsentiert er Fenja die rosigen und doch längst
reifen Preziosen seiner Manneskraft.

Und just in diesem Moment bricht der Sturm über Fenja
herein. Ein Gewitter der Lust tobt in ihrem Körper, intensiver als Schmerz. Atemloses Seufzen und flehentliches
Weinen begleiten die gewaltigen Eruptionen, in denen sich
Fenjas heiße, fast schmerzhafte Erregung entlädt und die
das Mädchen herausreißen aus der Wirklichkeit in eine
Welt hemmungsloser Leidenschaft und Hingabe an sich
selbst. Mit allen Sinnen genießt sie den überflutenden
Rausch ihrer Weiblichkeit. Ströme von Liebessaft benetzen
das weiche Gras des Waldes. Hilflos, wehrlos, ja fast
besinnungslos liegt Fenja röchelnd am Boden, doch das Bild
des nackten Jungen dort unter der Eiche hat sich in ihr
Bewusstsein gebrannt…

Als das Beben nachlässt, bleibt sie mit geschlossenen Augen zu Füßen der gewaltigen Fichten liegen, die jede Sekunde ihres Liebesspiels schweigend beobachtet haben und nun wie Beschützer über die erschöpfte junge Frau wachen.

Ein einzelner, frecher Sonnenstrahl blendet Fenja und lässt sie allmählich zu sich kommen.

„Nein, nicht!" stöhnt sie, immer noch benommen, als sich vor ihren Augen eine weitere, geradezu unglaubliche Wandlung vollzieht:

Ein letztes Mal bäumt sich Finns nackter Körper auf. Mit aller Kraft drängt er den Baum zurück, bis die Gefahr endgültig vorüber ist. Noch einmal wendet er sich stumm der noch vom Nachhall ihrer Lust benommenen Fenja zu - - -

- - - um sich dann binnen weniger Augenblicke selbst in einen mächtigen mannshohen Baumstumpf zu verwandeln, so als hätte es den um Fenjas Leben kämpfenden Finn nie gegeben.

Fenja glaubt, den Verstand zu verlieren. Und doch sagt ihr genau dieser Verstand, dass alles nur ein Trugbild war, ein Produkt ihrer unbefriedigten Sehnsucht …

„Nein, noch nicht!" seufzt sie noch einmal und presst ihre Schenkel fest zusammen, um den Abglanz des erotischen Abenteuers und des wunderschönen Gefühls in ihrem Innersten noch eine Weile zu genießen.

Die kleine weiße Daunenfeder landet, kaum spürbar, auf Fenjas entblößtem Bauch…

Wenn die Nacht hereinbricht

Es gibt keine Bühne, wohl aber gibt es Zuschauer und das, was Rick, Maurice und Julian beim flammend roten Sonnenuntergang dieses Maitages zu sehen bekommen, ist weit mehr als ein atemberaubendes Schauspiel. Es ist ein Ritual!

„Das ist Dag[17]!", flüstert Nelly, als der Vorhang sich öffnet und den Blick auf eine kleine Uferwiese freigibt, auf der sich ein völlig nackter Junge räkelt. Der „Vorhang" – das ist eine dicht geschlossene Reihe aus Mädchen in langen Gewändern – schwarzen und weißen.

„Wer ist denn Dag?", fragt Maurice.

„Der schöne, leuchtende Tag!", antwortet Nelly begeistert.

„Ein Mädchen wäre mir lieber", murrt Rick.

„Nur nicht ungeduldig werden!", neckt Nelly die Jungen.

Dag liegt bäuchlings im weichen Gras. Den Kopf auf beide Hände gestützt scheint er zu träumen.

Ein Raunen geht durch die Reihen der Mädchen, als sie des Nackten ansichtig werden. Vor allem sein Po zieht begehrliche Blicke und aufgeregtes Flüstern der Mädchen auf sich.

Minutenlang geschieht gar nichts.

Die Novizinnen genießen den Anblick des nackten Jungen, während eine golden glänzende Abendsonne sich langsam auf den Horizont hinab senkt.

Laurien, den bisher kaum jemand wahrgenommen hat, beginnt nun, die Szene mit leisem, unglaublich sinnlichem Flötenspiel zu begleiten. Der Körper des Jungen ist von oben bis unten mit magischen Zeichen, Linien, in sich verschlungenen Pflanzen und schlangenartigen Tieren bemalt. Nur kurz schaut Dag zu Laurien auf, um sich dann mit einem innigen Laut des Wohlbehagens auf den Rücken zu drehen.

Erneut durchwogt aufgeregtes Geflüster die Reihen der Mädchen. Dags große, dunkle Augen strahlen Ruhe und Zufriedenheit aus. Erst jetzt hat er die Novizinnen bemerkt und während sein „kleiner Freund" tief und fest schlummert, huscht ein Hauch von Neugier, erwachender Sehnsucht und Staunen über das wunderschöne Jungengesicht.

Hat er die Zuschauerinnen wirklich bemerkt? Verweilt sein *Ich* noch immer im Traumland?

Als gäbe es die staunenden, entzückten Novizinnen gar nicht, erhebt sich der Nackte und wandelt nun völlig unbekümmert zum See. Am Ufer beugt er sich tief hinab, hebt etwas auf, einen Stein vielleicht, und bietet dabei wie zufällig seinen frühlingshaft-schlanken Po dar.

Tiefer schreitet Dag ins kühlende Nass – arglos und doch auf ganz eigene Weise gemessenen Schrittes. Ein zauberhaft schöner, stolzer Junge auf dem Wege zum Mann!

Er spielt seine Rolle gut! Nicht die kleinste Regung verrät, dass er die Anwesenheit der Schülerinnen wahrnimmt. Dabei haben *die* sich alle Mühe gegeben, die Wirkung ihrer weiblichen Reize durch Körperbemalung, knappe, erotische Kleidung und Accessoires auf die Spitze zu treiben.

Gleich einer wertvollen Bronze erstrahlt Dag im Licht der Abendsonne. Bevor seine im Profil nur halb sichtbare Männlichkeit das Wasser berührt, hält er inne, scheint nachzudenken und blickt hinaus, hinüber ins Blutrot der untergehenden Sonne.

Langsam, verträumt, beginnt der Junge, seinen nackten Körper zu streicheln und mit dem klaren Wasser des Sees zu waschen. Noch einmal wogt gedämpfte Erregung auf, als er schließlich beginnt, voller Zärtlichkeit sein Intimstes zu baden und liebevoll zu verwöhnen…

„Ein Gott!", haucht Nelly leise. Rick, Maurice und Julian schweigen, staunen, versuchen stumm, jeder für sich, ihre Gefühle zu ordnen. Ja, wenn dort ein nacktes *Mädchen* baden würde …

„Einzigartig!", flüstert Fenja. „Eine ganze Welt, und doch nur eine von unzähligen…"

„Wie meinst du das?", fragt Julian flüsternd.

„Das ist doch ganz einfach!", erwidert Fenja beinahe vorwurfsvoll. „Jeder Mensch, jedes *Ich*, ist eine eigene Welt. In unseren Köpfen und Herzen ist jeder von uns eine, *seine* eigene Welt, so wie Dag, und nirgendwo auf der Erde oder im Universum gibt es diese einzigartige Welt, diesen einzigartigen Menschen ein zweites Mal! Ich finde ihn wunderschön!"

„Er ist ein Gott!", wiederholt Nelly, wobei sie wohl eher mit sich selbst als mit einem der Jungen und Mädchen ringsum spricht. „Alles Schöne, Tiefe, Begehrenswerte, Vollkommene ist in ihn hineingedacht."

Ein Schatten reißt die Zuschauer aus ihren Gedanken:

Schwarz wie Kohle ist alles an ihr: Haare und Gesicht, der bis zum Boden reichende, offene Umhang und die nur teilweise bedeckten Brüste.

Schwarz glänzen die fraulich-kräftigen Schenkel, in deren Zenit Rick, Maurice und Julian heiße Weiblichkeit ahnen.

Schwarz ist der ganze Körper bis hinab zu den Füßen.

Schwarz ist auch der Hengst, der nun, mit den Hufen das Wasser aufwühlend, bedrohlich schnaubend innehält.

„Die Nacht!", erschrecken Fenja und Menja. „Sie bricht über den wunderschönen Tag herein!"

Kaum haben die Mädchen diese Worte gesprochen, da versinkt die blutrote Sonne endgültig hinter dem Horizont und nicht nur der Anblick der unheimlichen Reiterin lässt die Zuschauer frösteln.

Unaufhaltsam neigt sich der Tag – und immer größer wird die Macht der schwarzen Amazone. Ihre Augen versprühen eiskalte Funken und ein unsichtbares Band fesselt den ängstlichen Jungen im See.

Unentrinnbar gebunden durch Blicke, die keinen Widerspruch dulden, steht Dag nun still, unfähig, zurück zu weichen, unfähig, sich gegen die Nacht zu wehren, nackt, hilflos, ausgeliefert...

Die schwarze Reiterin bleibt stumm. Sie scheint zu einer dunklen, unheimlichen Statue erstarrt zu sein und auch ihr Hengst steht völlig regungslos im flachen Wasser nahe dem Ufer.

Längst ist Lauriens Flötenspiel verstummt und als Dag, von dämonischen Kräften beherrscht, zaudernd ans Ufer kommt, erschüttern tief grollende Trommelschläge die Dämmerung.

Die Nacht zwingt Dag auf die Knie, doch noch immer kämpft er gegen sie an, versucht gar, zu fliehen ...

Doch es ist zu spät! Wie Fledermäuse flattern schwarz gekleidete Mädchen heran, Schwarzelbinnen, Helferinnen der Nacht! Gemeinsam packen sie den wehrlosen Dag, binden ihn und führen ihn zum nahen Waldrand, gefolgt von der noch immer schweigenden Nacht.

Schmerzhaft streichen Birkenzweige über den zarten Po des Gefangenen. Die schwarzen Mädchen treiben Dag in den Wald, den schmalen Bach entlang, welcher den See mit frischem Wasser speist.

Stumm, dominant und unnahbar folgt die Nacht auf ihrem rabenschwarzen Hengst. Vorwitzige Schwarzelbinnen, die es wagen, den nackten Körper des Jungen zu berühren oder sich gar seiner schutzlosen Männlichkeit zu nähern, bekommen die Peitsche zu spüren.

Fackeln und kleine Feuer lodern nun beidseits des Waldbaches auf. Ein geschlossener Kreis aus Schwarzelbinnen verdeckt den Blick auf Dag. Als sich der Kreis wieder auflöst, sieht man den hilflosen Jungen mit weit gespreizten Armen und Beinen zwischen zwei Baumstämmen gefesselt – ein vitruvianischer Mensch, genau über dem Waldbach, beleuchtet von lodernden Feuern...

***

Eine Bewegung, ein Schatten berührt Dags Füße. Oder war es nur das Flackern des Feuers?

Verzweifelt zerrt der Gefangene an seinen Fesseln. Die Schwarzelbinnen laben sich an seiner Hilflosigkeit, berühren ihn, fassen ihn an, küssen ihn mit schwarzen Lippen, lecken ihn mit schwarzen Zungen.

Wie Schlangen umzüngeln ihre gierigen Finger den nackten Leib. Immer ekstatischer umtanzen sie ihr Opfer.

Dann aber durchzucken Angst und Schrecken den Kreis der Novizen und selbst die schwarzen Mädchen weichen furchtsam zurück.

Es ist Mitternacht, die hohe Zeit der Nacht, Hochzeit der Nacht!

Sie hat sich verwandelt! Halb Weib, halb Schlange umschlingt ein Fabelwesen Dags Füße. Die Nacht gleicht jetzt einem Oktopus, ein Weib mit – zu vielen – schlangenförmigen Armen und Beinen, welche sich anschicken, Dags Körper mehr und mehr zu umschlingen, zu umspielen.

Schon haben sie seine Knie erreicht, seine Schenkel, züngeln gefährlich am Geschlecht des Jungen.

Gesang ist zu hören. Nacht-Schenkel öffnen sich, umschlingen Dag und können ihn doch nicht fassen.

Gleich einem Schlangentanz versucht die Schwarze, die Männlichkeit des jungen Gottes zu wecken. Ein stummer Kampf um Lust. Ein ungleicher Kampf! Ein vergeblicher Kampf!

Wohl ist die Nacht über den Tag hereingebrochen, doch sie kommt nicht als Siegerin! Sie ist eine Bettlerin! *Sie* bettelt um Lust, will Lust sich erzwingen, indes Dag, der junge Tag, sich zu bewahren sucht – und zugleich gegen sein eigenes Verlangen ankämpft.

Ja! Sie hat es geschafft!

Stolz steht Dags Männlichkeit, unberührt noch, unberührbar, verzweifelt umkämpft vom schwarzen Leib der Nacht...

Schwarzelbinnen umringen nun das ungleiche, sich heftig windende, ringende Paar – und so endet der erste Teil des Rituals, das vor allem die weiblichen Novizinnen in einen Rausch der Verzückung versetzt...

Erst weit jenseits der Mitternacht öffnet sich der lebendige Vorhang erneut.

Dag scheint zu schlafen. Hände und Füße an Pfähle gefesselt liegt er nun – auch hier wieder mit gespreizten Armen und Beinen – von Fackeln und Feuer erhellt rücklings im weichen Gras.

Erneut schleicht die Nacht heran, nun wieder in Gestalt der rabenschwarzen Amazone, begierig nach Mann. Hinterhältig, hinterlistig versucht sie, den Schlafenden seiner Manneskraft zu berauben.

Oder stellt sich Dag nur schlafend?

Genießt er womöglich die Berührungen nagelbewehrter Hände, nachtschwarzer Zunge, die sich wie Schlangen seinem Intimsten nähern, es umschmeicheln, umstreicheln, umlecken?

Genießt er womöglich die Verzweiflung im heiß-kalten Blick der Nacht? Längst hat er begriffen, dass sie eine Suchende ist, eine Verlangende, ungestillte Weiblichkeit ohne Aussicht auf Erlösung…

Leise erklingt Gesang, ein anderer Gesang, heller, klarer, schöner als vor einigen Stunden.

Lichtelbinnen, Mädchen in schneeweißen Kleidern, bringen Blumen dar, bittend, bettelnd, den Jungen endlich frei zu lassen. Doch die Nacht ist unerbittlich. Kosend und küssend nähern sich ihre schwarzen Lippen den seinen – doch da geschieht das Unbeschreibliche:

Plötzlich zucken Schlangen über Dags Schultern empor, helle, bunte Schlangen, der Nacht mitten ins Gesicht! Die schnellt zurück, packt im Fallen die Angreiferinnen hinter den Köpfen, ringt mit ihnen und reißt sie schließlich mit sich hinab ins nachtkalte Wasser des Baches.

Die Rolle der Schlangen spielen zwei nackte, am ganzen Körper mit leuchtenden Farben bemalte Mädchen. Die Illusion ist perfekt! Sie bewegen sich tatsächlich wie Schlangen, kämpfen wie Schlangen – und treiben den männlichen Zuschauern das Blut in den Schritt.

Was für ein Schauspiel!

Die rabenschwarze Nackte, im Wasser, am Ufer, am Feuer – ringend mit zwei armdicken Schlangen, die nunmehr versuchen, der Nacht in den Schlund und in ihr Intimstes zu kriechen! Panik und Verzweiflung stehen ihr ins Gesicht geschrieben! Stumm und verbissen wehrt sich die Schwarze.

Diesmal kommen die *Jungen* auf ihre Kosten, denn jeder Muskel, jedes kleinste und noch so intime Detail der Nacht kämpft verzweifelt, krampft, widerstrebt, spannt und präsentiert sich jetzt! Was sie nicht freiwillig preisgibt, das erzwingen die Schlangen, doch auch die beiden Mädchen müssen sich gegen Angriffe wehren.

Schwarzelbinnen eilen der Nacht zu Hilfe! Nun sind es die Schlangenmädchen, die gedemütigt und den begierigen Blicken der Jungen preisgegeben werden.

Rick, Maurice und Julian durchleben ein Chaos der Gefühle. Angst mischt sich mit ihrer längst tautriefenden, fast schmerzhaften Erregung, Angst um die Schlangenmädchen, die nun von der Nacht gezwungen werden, gegeneinander zu kämpfen, während die Schwarze selbst sich erneut Dag zuwendet…

Kaum merklich verlieren die Feuer und Fackeln ihren Glanz und die Dämmerung gewinnt zunehmend an Kraft. Da trifft der erste Sonnenstrahl den Körper des jungen Tages!

In Panik fliehen die Schwarzelbinnen in alle Richtungen davon.

Blankes Entsetzen steht der Nacht ins Gesicht geschrieben, als sie nach ihrem Hengst sucht, wimmernd, ziellos hin und her flatternd unter den immer zahlreicher werdenden Sonnenstrahlen und schließlich im wilden Galopp in die Tiefen des Waldes entkommt.

Lichtelbinnen befreien den Jungen, tränken und speisen ihn mit frischer Milch und Honig und führen ihn schließlich zum Sonnenwinkel am See, einer verborgenen Lichtung, die schon von den ersten Sonnenstrahlen beschienen und erwärmt wird.

Hier nun waschen sie Dag, den jungen Tag, mit klarem Wasser, verwöhnen ihn mit Zärtlichkeiten – und bereiten ihn vor auf sein Rendezvous…!

Als die Sonne über dem Wald aufgeht, erscheint Sol[18], das Mädchen, für das Dag sich bewahrt hat.

Achtungsvoll weichen die Lichtelbinnen zurück. Sie haben ihre Sache gut gemacht, haben den jungen Tag gut auf seine Geliebte, die Sonne, vorbereitet!

Rick, Maurice, Julian und alle Novizinnen und Novizen von Asgard sind stille Zeugen, als Dag und Sol feierlich niederknien und Dags stolze Männlichkeit langsam und tief im Brunnen der Göttin versinkt ...

***

Saga

„Nackt möchte ich dich -
sehen, fühlen und schmecken!"[19]

Wellen aus Schatten und Licht umspielen zwei nackte Körper, die majestätisch unter der Oberfläche des glasklaren Wassers dahingleiten, brechen sich in allen Regenbogenfarben und scheinen die atemberaubende Ästhetik des Augenblicks still zu genießen. Ein junger Apollo, dessen stolze und doch noch schlafende Männlichkeit die Schwerelosigkeit durchstreift, und Aphrodite, harmonische Weiblichkeit in Form und Bewegung – ein lebendiges Gemälde der Lust im Element des Lebens, schwerelos in Raum und Zeit. Ein Götterpaar wird hier vermählt. Frei von allen Zwängen und Zwecken, achtsam und mit offenen Sinnen, nackt und zauberhaft schön – das sind Maurice und Saga[20]!

***

„Wo ist Saga?", fragt sich Maurice erschrocken. Noch vor wenigen Momenten lag das Mädchen träumend auf einem der glatten runden Steinkolosse mitten im Fluss – eine Sonnenanbeterin, eine Göttin, Hüterin uralten, geheimen

Wissens über das Leben, die Liebe, das Glück und die Götter. Doch Saga ist plötzlich verschwunden.

Ganz in der Nähe rauscht ein Wasserfall in den klaren Bergsee herab, in dem Saga und Maurice gerade eben noch gebadet haben. Alles Rufen ist vor dieser Geräuschkulisse von vorne herein sinnlos und so macht Maurice sich voller Sorge auf die Suche.

Saga? Wohnt ihre Ahnfrau nicht in einer Höhle hinter dem Sturzbach?

Die tosenden Wasser umgehend, sich vorsichtig über Geröll und Gestein tastend, gelingt es Maurice, sich zur Rückseite des Wasserfalls durchzukämpfen. Eine Welt der Ruhe erwartet ihn hier. Unwirklich, gespenstisch fast, den Gesetzen der Natur völlig zuwider laufend, fühlt Maurice sich in eine Felsgrotte versetzt, in deren dunklen Tiefen nur das monotone Glucksen und Plätschern unsichtbaren Wassers zu hören ist. Der rauschende Wasserfall, nur eine Armlänge von Maurice entfernt, ist auf magische Weise verstummt.

Von sattem Grün überwuchert, gleich einer natürlich gewachsenen Treppe, führen Felsvorsprünge beidseits des Wasserfalls nach oben. Je höher Maurice steigt, umso mehr erweitern sich diese Stufen nach den Seiten hin zu schmalen, sonnigen, mit weichem Gras bewachsenen Terrassen.

Ein überwältigendes Gefühl von Freiheit, Klarheit, Tiefe und Glück bemächtigt sich des nackten Jungen.

Alle Geheimnisse der Natur scheinen in diesem Moment offen vor ihm zu liegen und wie von selbst den Weg in die letzten, tiefsten Tiefen seines Bewusstseins zu finden. Maurice *fühlt sich selbst*, jede Zelle seines Körpers, durchdringend und intensiv, so schön, so wohltuend, dass er am liebsten für immer hier bliebe.

Und dann entdeckt er sie – Saga!

Entrückt, unschuldig, nackt spielt sie mit sich selbst, mit dem Sonnenstrahl, der ihre Brüste leckt, mit dem Regen, den die tosenden Wasser bis zu ihr herüber peitschen und in dem sich das Sonnenlicht in allen Farben bricht – und mit den Gefühlen des Jungen, den sie längst erblickt hat und den sie nun neugierig mustert. Was sie sieht, scheint ihr zu gefallen...

Noch bevor Maurice etwas sagen kann, legt Saga ihm den Finger auf den Mund, bedeutet ihm, still zu sein und die Einzigartigkeit des Augenblicks nicht durch unnötige Worte zu stören.

Lächelnd, wissend, seinen Körper und die frühlingshafte Männlichkeit des nackten Jungen noch immer genüsslich taxierend, zieht Saga Maurice mit sich fort, hinüber zu einer der sonnenbeschienenen Grasmatten, von wo aus der Blick frei über das Felsental streift. Myriaden unzähliger Wassertröpfchen begrüßen die junge Liebe, indem sie just in *diesem* Moment einen bunten Regenbogen herbeizaubern, der das gesamte Tal überspannt.

So sitzen sie lange beieinander, Maurice und Saga, ohne ein einziges Wort, die Natur und sich selbst nur mit Blicken genießend...

Irgendwann lehnt Saga sich zurück, liegt nun entspannt auf dem Rücken, indes Maurice – seine wachsende Erregung verbergend – die Arme ängstlich um die angezogenen Knie geschlungen hält.

Sanft zieht Saga den Jungen zu sich herüber, schiebt seine Knie nach unten und öffnet achtsam mit ermutigenden Blicken seine Beine. Maurice errötet, während das Mädchen den Anblick erblühender, erglühender Männlichkeit sichtlich genießt.

Dann ein Kuss, zaghaft noch, und ein Wassertröpfchen, das eilig über Sagas Wange kullert und schnurstracks den Weg über ihren schlanken Hals zu den kleinen, festen Brüsten findet. Deren Knospen stehen nicht nur wegen des kühlen Nasses längst stolz und aufrecht ...

Maurice' Blick folgt dem winzigen Lichtwesen und auch Saga hat das kleine Naturwunder inzwischen entdeckt.

Wo ist er hin, der Tropfen?

Mit einem Mal ist der Winzling verschwunden. Maurice und Saga schauen sich an. Und dann berühren sich Lippen, so zart, so voller Liebe, umspielen sich Zungen, behutsam tastend zuerst, dann immer stürmischer, überfließende Leidenschaft, unfähig, das heftige Verlangen noch länger zu zähmen.

Und doch: Plötzlich zögert Saga. Da ist er wieder – der Tropfen! Doch sogleich stürzt er hinein in den kleinen See, der sich in Sagas Bauchnabel gebildet hat.

„Magst Du nicht kosten, wie solch ein Lichtwesen schmeckt?" haucht Saga plötzlich und schaut Maurice herausfordernd an.

Das lässt Maurice sich nicht zweimal sagen und leckt und schleckt sich von Sagas köstlichen Liebesäpfeln über den flachen Bauch abwärts zum Nabelsee, den er sogleich ganz und gar austrinkt.

„Und? Wie schmeckt es?"

„Das weiß ich nicht", antwortet Maurice schelmisch. „Dazu muss ich noch mehr Mädchentropfen trinken!"

„Nichts da! Jetzt bin ich dran!", bremst Saga den immer leidenschaftlicher werdenden Jungen, schiebt ihn sanft von sich, so dass nun *er* auf dem Rücken liegt, und prüft Maurice' Brust und Bauchmuskeln mit der Zungenspitze.

„Ein Junge, der *mächtig* aufgeregt ist!", scherzt Saga, indem sie an Maurice' Brustwarzen knabbert und nebenbei ein paar freche kleine Lichtwesen aufschleckt.

„Hier schmeckst du schon männlicher!" Saga kostet aus Maurice' Bauchnabel, während sie sich zielsicher noch weiter nach unten vorarbeitet und dabei das wachsende, immer heftigere Beben des Jungen genießt.

„Oh wie süß – gnadenlos männlich und voller Kraft!", staunt Saga, als ihre Lippen Maurice' stolzes Geschlecht berühren. „Und *das* wolltest du alles verstecken?", schimpft sie, schelmisch lächelnd.

„Du bist traumhaft schön!", flüstert Maurice verlegen. Die Göttin antwortet nicht, bedeutet ihm vielmehr, sich zu entspannen.

Wie aus dem Nichts taucht nun ein neues kribbelndes, krabbelndes Lichtwesen auf. Doch *dieses* kristallklare Tröpfchen stammt *nicht* vom Wasserfall. Maurice' heißes Verlangen hat das zarte Geschöpf hervorgebracht – und jenes rosig-violette Köpfchen, das Maurice' Männlichkeit nun stolz in die Höhe reckt. Saga stupst es mit der Zunge an, während ihre Finger mit zwei lieblichen Bällen spielen.

Gefühle der Sehnsucht, des heißen Begehrens und der tiefen Dankbarkeit für diesen Moment durchfluten den Jungen. Seine Scheu ist völlig verflogen.

Abermals ermuntert Saga Maurice dazu, noch mehr sinnlich weibliche Rätsel zu erforschen. Verführerisch langsam öffnet sie ihre Schenkel und ein Geheimnis offenbart sich dem Jungen; eine Lotusblüte entfaltet sich vor Maurice' staunenden Augen, so unglaublich zart, so sinnlich, empfindsam, verletzlich, einzigartig, ein Kleinod, das zu berühren, zu kosten, zu schmecken und zu ergründen er nicht mehr länger warten will, nicht mehr länger warten *kann*.

„Das ist wunderschön!", haucht er.

„Die Liebe ist die Quelle des Lebens und der Anfang von allem", flüstert Saga zurück und wuschelt Maurice durch die Haare, während dessen Zunge im heiligen Garten der Göttin lustwandelt.

„Was ist das eigentlich, *das Leben*?", fragt Maurice leise, indem er Saga langsam körperaufwärts küsst und schließlich triumphierend auf die rücklings Darniederliegende herab schaut.

„Oh! Das Leben ist etwas *ziemlich* egoistisches!", erwidert das Mädchen neckisch. „Es *will*, und zwar sofort! Es ist eigennützig! Es *will*, was wohl tut – und *will nicht*, was weh tut!", erklärt sie und stupst Maurice' Nase mit dem Finger.

„Und was willst *du*?", fragt Maurice zweideutig.

„*Dich!*", antwortet Saga – und greift entschlossen zu …

„Gefangen!" triumphiert sie, zieht das Netz aus zarten Mädchenfingern enger, die nun Maurice' harte Rute samt rosigem Säckchen umklammern – und ergötzt sich an dem grenzenlos überraschten, von Lustschmerz verzerrtem Antlitz des Jungen.

Maurice' Herz beginnt zu rasen. Stolz fiebert er dem so lange ersehnten Ziel entgegen. Saga hilft ihm, macht ihm Mut, führt und leitet den noch unsicheren Jungmann, streichelt, knetet und massiert, was ihre Hand zu fassen bekommt – und nimmt ihn endlich ganz tief in sich auf.

Maurice spürt ihre wunderbar engen Liebesmuskeln, das Pulsieren und die schlangenartigen Bewegungen ihres heißen, geschmeidigen Leibes.

Er will *mehr*! Er will *alles*! Er *kämpft*! …

Seine Muskeln arbeiten – Saga kann es an seinem Po spüren. Doch sie zwingt ihn zur *Langsamkeit*, behutsam, aber bestimmt. Sie lehrt Maurice die *Kunst der Liebe, Ars amatoria,* lehrt ihn, gelassen und doch achtsam, unverkrampft, entspannt, *ganz intensiv und schier endlos zu genießen,* auf dem Gipfel der Leidenschaft jedoch *alles* zu geben, nichts zurückzuhalten und seine Lust, seine heiße Lava und sein Glück hinaus zu stoßen, hinaus zu weinen, zu röcheln oder zu schreien, damit nichts ungekostet, ungeschmeckt, ungefühlt, ungesehen bleibt von all dem Angenehmen, das das Leben zwei Liebenden zu schenken vermag …

***

„Das waren die schönsten Momente meines ganzen Lebens", flüstert Maurice Saga auf dem Rückweg ins Ohr.

„Woher willst du das denn wissen?", fragt sie zurück. „Dein Leben fängt doch gerade erst an!"

„Ja, es fängt erst an", grübelt Maurice. „Aber wohin führt es mich? Was ist der Sinn? Wo und wie finde ich ihn?

„Gar nicht!", antwortet Saga.

„Wie? Gar nicht?", fragt Maurice ratlos zurück.

„Den Sinn des Lebens kann man doch nicht finden; man muss ihn schaffen – jeder Mensch für sich oder gemeinsam mit dem Menschen, den man liebt."

„Ah! Und was ist der Sinn *deines* Lebens?"

„Glücklich sein!", antwortet Saga ohne eine Sekunde zu zögern. „Glück ist sinnlich! Hast du es nicht gespürt?"

„Oh ja! Mit allen meinen Sinnen!", antwortet Maurice. „Aber vor allem mit … na du weißt schon!"

„Ja, ja, ich weiß, Jungs und ihr Schwänzchen …!", lästert Saga.

Maurice antwortet nicht, nimmt Saga stattdessen ganz fest in die Arme, küsst sie liebevoll auf den Mund und flüstert ihr leise ins Ohr:

„Wollen wir das wiederholen?"

„*Nur* wiederholen?", fragt Saga vorwurfsvoll.

„Kann es denn noch schöner werden?"

Nun ist es Saga, die schweigt.

„Hier! Koste mal!" Sie hat eine Beere gepflückt, die sie Maurice nun in den Mund steckt.

„Schmeckt gut", antwortet der Junge, ohne zu verstehen. Saga pflückt noch eine Beere. „Und nun die!"

Maurice will die Beere eben verdrücken, da fasst Saga ihn bei der Hand: „Nicht so! Nicht nebenbei! Konzentrier dich auf den Geschmack, genieße ihn ganz lange und denk dabei an nichts anderes!"

Maurice versucht es.

„Du hast Recht! Jetzt schmeckt sie viel besser, viel … intensiver!", stellt Maurice erstaunt fest. „Die hab ich als Kind schon gerne gegessen!"

„Dann iss noch eine!", ermuntert Saga. „Und jetzt genieße deine Erinnerung dabei, die Erinnerung an den kleinen Maurice, der Beeren isst!"

Maurice versucht es und ist wiederum überrascht: „Sie schmeckt wie eben, vielleicht sogar noch etwas stärker – und ich erinnere mich an Blütenduft!"

„Und nun stell dir vor, du hörst Musik!", fordert Saga den Jungen auf.

„Hm, du meinst also, wenn man sich richtig darauf konzentriert und die Musik genießt und nicht nur nebenbei hört, dann ist auch Musik viel schöner und intensiver?", vermutet Maurice.

„Genau!", freut sich Saga. „Und nun stell dir vor, wir wiederholen unser kleines Glück am Regenbogenfluss…!"

„Dann wird es noch viel schöner!", freut sich Maurice.

„Du musst deine Sinne öffnen!", flüstert Saga. „Du musst ganz und gar im Hier und Jetzt sein! Das nennt man Achtsamkeit! Achte und genieße jede kleinste Berührung, Farbe, Musik, das ganz normale Frühstücksei, die Frucht, das Glas Wein und das Gefühl, wenn wir uns lieben! Genieße deinen Körper, deine Nacktheit, wenn du mit dir allein bist – oder wenn du in mir bist! Ich mache es genauso!

Lass dich aus der Zeit fallen und sei ganz offen, ganz weit, ganz frei für das, was du im Hier und Jetzt genießen möchtest!"

Sagas Augen leuchten und Maurice versteht, wie einfach und leicht es ist, dem Leben, dem Erleben, das sich scheinbar nur stets wiederholt, immer wieder aufs Neue das Einzigartige, Schöne, Atemberaubende abzugewinnen – alles Tiefe und Intensive, alle Schönheit und alle Farbenpracht des Seins und der Gefühle, Klarheit, die höchsten Gipfel des Geistes, Genuss, Leidenschaft und Verstand als eine quellenahnende Kraft.

Quellen ahnend...?

***

Die Quelljungfrau

„He! Aufstehen! Schnell! Ich will dir was zeigen!" Mitten in der Nacht rüttelt Finn den schüchternen Julian wach.

„Was ist denn los?", gähnt der.

„Jetzt komm schon!", drängelt Finn. „Du wirst gleich ganz von selbst wach, wenn du erst siehst, was da draußen ab geht!"

„Das gibt's ja gar nicht!", haucht Julian, als er zum Fenster hinaus auf den nächtlichen Burghof schaut. Mit einem Mal ist er putzmunter.

Schweigend und mit gemessenen Schritten wandelt eine seltsame Prozession über den Hof – eine Prozession weiß gekleideter Novizinnen, die in ihrer Mitte ein völlig nacktes Mädchen geleiten, dessen Haar im Licht der Fackeln rotgolden erglänzt: Charis!

Kein Wort ist zu hören, nicht einmal der Widerhall ihrer Schritte. Die Mädchen sind barfuß. Voller Würde tragen sie ballonartige Gefäße vor sich her.

Finn hat inzwischen auch Rick und Maurice geweckt.

„Geil!", freut sich Rick.

„Was machen die?", fragt Maurice erstaunt.

„Sie holen das heilige Wasser, um damit die Götter und Göttinnen zu waschen!", antwortet Finn und die Jungen glauben zum anderen Mal, sich verhört zu haben. „Aber zuvor muss das Wasser geweiht werden, sonst ist es nicht heilig!"

„Geweiht?", fragt Julian verdutzt. „Was soll das denn bedeuten?"

„Quellwasser ist nur dann heilig, wenn eine Jungfrau darin gebadet hat!", erklärt Finn mit vielsagendem Blick.

„Charis!", versteht Maurice und zeigt hinab auf den Hof, wo der nächtliche Umzug soeben das Burgtor erreicht. „Und woher wissen die, dass sie noch Jungfrau ist?"

„Du nimmst es aber verdammt genau!", kontert Finn. „Die Mädchen werden es schon irgendwoher wissen. Und jetzt kommt! Sonst verpassen wir das Schauspiel!"

„Wohin gehen sie?", fragt Maurice später leise, im Versteck zwischen Burgmauer und Gebüsch.

„Still! Kein Wort mehr; und passt auf wohin ihr eure Füße setzt!", zischt Finn. „Es muss alles schweigend geschehen!"

Auch die Mädchen verhalten sich mucksmäuschenstill. Kein Laut ist zu hören. Fast mutet die Szene an wie ein Stummfilm, aber gerade das macht es den Jungen noch schwerer, dem merkwürdigen Umzug unauffällig zu folgen.

In zahllosen Serpentinen schlängelt sich ein Pfad von der Burg hinab ins Tal.

Finn wählt den direkten, dafür aber steileren Weg und so sind die Jungs jedes Mal schon da, wenn die Mädchen die nächste Kurve erreichen. Der Zug kommt nur langsam voran, denn unterwegs pflücken die Novizinnen allerlei Kräuter und Blumen. Auch dies geschieht schweigend.

„So etwas habe ich noch nie gesehen!", staunt Rick, nachdem sich die Weißhemdchen wieder entfernt haben.

„Das ist so ähnlich wie Osterwasser schöpfen!", flüstert Julian. „Nur dass die Jungfrau bei uns die heilige Maria ist!"

„Die mit Kind aber ohne zu ferkeln?", lästert Rick.

„Genau die!", feixt Julian.

„Arme Maria!", höhnt Rick.

„Glückliche Nanna!", ergänzt Julian.

Endlich erreicht der Zug die Talsohle. Im dunklen, kühlen Grunde gluckst eine Quelle still vor sich hin, zu deren rechter Seite eine nackte Göttin mit ihren Reizen imponiert, indes zur Linken ein Jüngling mit steil aufgerichtetem Glied verzückt zum Nachthimmel schaut. Der Mond spiegelt sich auf der Wasseroberfläche. Den Jungen im Verborgenen bietet er ein einzigartiges Schauspiel weiblicher Anmut und Erotik.

Noch immer herrscht tiefes Schweigen. Die Mädchen bilden einen Ring um die Quelle und legen ihre Krüge ab. Wie auf ein unsichtbares Zeichen hin tritt die Nackte nach vorne, verneigt sich vor dem Gott und der Göttin und steigt langsam und voller Stolz ins Wasser.

Zwei weitere Novizinnen lassen die Hüllen fallen, folgen Charis ins Wasser und beginnen sogleich, die Jungfrau zu küssen, zu streicheln, zu liebkosen und dann behutsam mit dem kühlen Nass zu waschen.

Ein drittes Mädchen kommt hinzu. Sie kämmt Charis die langen, bei Tageslicht kupferrot leuchtenden Haare. Die am Ufer verbliebenen Nachtengel schmücken Quelle und Götter nunmehr mit Blüten und Kräutern.

Den Jungs im Verborgenen wird heiß. Zum Glück übertönt das Plätschern des Wassers den heftigen Atem der heimlichen Zuschauer.

Die Helferinnen verlassen nun das Wasser, indes Charis schweigend, mit weit geöffneten Schenkeln niederkniet und sich abermals mit dem klaren Nass der Quelle benetzt. Leise singend verwöhnt sie nun ihr Heiligtum mit den zarten Blättern einer seltsamen Blüte, während die Mädchen damit beginnen, Wasser zu schöpfen – eine nach der anderen, stumm, genau dort, wo das Quellwasser Charis Feige berührt ...

Lange müssen die Jungen ausharren, bis die Mädchen ihre Aufgabe erfüllt haben, mit ihren Krügen das heilige Wasser schöpfen und sich auf den Rückweg machen.

Als Rick, Maurice, Julian und Finn die Burg erreichen, bietet sich ihnen ein unglaubliches Bild dar:

Im Licht der aufgehenden Sonne waschen und pflegen leuchtend weiß gekleidete Mädchen die überall im Garten weilenden Götterstatuen, so, als seien sie lebendige Wesen.

Da ist *Syn*, die Göttin der Wahrheit und der Gerechtigkeit, Beschützerin der Angeklagten und Bewahrerin des Versprechens – eine zauberhaft schöne Frau, die ihrem Betrachter einen Becher darreicht.

Syn ist die Dienerin von *Frigg*, der Gemahlin und Beraterin Wuotans – klug, liebenswürdig und schön. Ledige Mädchen werden von Frigg nackt vor einen Pflug gespannt, um sie zur Ehe zu bewegen, vielleicht auch, um die Herzen der Jungen und Männer zu erweichen, denn wer eine derart Geplagte aus dem Joch befreien will, muss sie zur Frau nehmen.

Frigg ist die Göttin von Ehe und Mutterschaft, Hüterin des Herdfeuers und des Haushaltes.

Dionysos, ein Gott mit gewaltigem erigiertem Penis, verkörpert das Hochgefühl der Lust, der Zeugung und der sexuellen Ekstase. Er ist auch der Gott des Weines, des Rausches, der Freude, der Trauben – und des Wahnsinns!

Ganymed, nackte Unschuld, zart und fast noch ein Kind, verkörpert die den Griechen und Römern eigene Knabenliebe und die männliche Homosexualität, wobei ihnen beide Begriffe wohl unbekannt waren.

Ganymeds Pendant ist die Göttin *Fauna*, genannt *Bona Dea* (die gute Göttin), die der lesbischen Liebe ihren Segen gibt.

„Und das ist *Thor*!", verkündet Finn beinahe feierlich, als ein Gewitter über der Burg aufzieht und die Jungen vor einem hammerschwingenden Nackten halt machen.

„Er ist der Gott des Regens, des fruchtbaren Ackers und des blauzuckenden Blitzes. Sein Hammer heißt Mjölnir. Der Donner rührt übrigens von den eisenbeschlagenen Rädern seines Wagens, wenn er über das steinerne Gewölbe einer Brücke fährt."

„Ihr habt seltsame Götter!", meint Maurice.

„Aber sie haben alle etwas mit dem *Leben* zu tun!", erwidert Julian. „Diese Götter *sind* das Leben! Sie helfen den Menschen – im *Diesseits*, nicht erst nach dem Tod!"

Und dann ist da noch *Tyr* (↑), der einarmige blutjunge Gott des Schwertes, des Kampfes und Sieges, Lichtgewährer und Beschützer des Thing, der Rats- und Gerichtsversammlung. Sie kommt unter dem Baum Yggdrasil zusammen, in dessen Krone der starke, stolze Adler wacht, indes die kluge Schlange an den Wurzeln des Baumes nagt und so den Kreis des Lebens, von Werden und Vergehen, vorantreibt. Auch Tyr imponiert durch Kraft und stattliche Geschlechtsteile.

Freyr – zu Stein erstarrt, während er seinen Hengst Freyfaxi zähmt – ist der Sohn des Njörd und seiner Schwester Nerthus, Gott der Fruchtbarkeit, der Jagd und der Zeugung, des Überflusses, des Regens und des Sonnenscheins. Freyr (auch Yngvi ◊ oder ᛉ) wirkt Frieden, Liebe und Fruchtbarkeit. Sehnsüchtig nach dem Mädchen Gerdr stirbt Freyr, weil er sein Schwert für sie niedergelegt hat – ein fataler Fehler, der auch heute noch Menschen das Leben und die Freiheit kostet.

„Moment mal!", erschrickt Rick. „Sohn des Njörd und seiner *Schwester* Nerthus?"

„Na ja, unsere Ahnen haben es mit der Liebe manchmal ein bisschen übertrieben!", erwidert Finn grinsend. „Vielleicht war sie *so* schön, dass er einfach nicht widerstehen konnte? Er hat noch eine weitere Schwester: *Freya!* Wie die Aphrodite der Griechen und die Venus der Römer ist sie eine Göttin der Liebe! Wie soll ein Mann *das* aushalten?

All diese Götter leben und wirken im Diesseits, sie werden gezeugt und geboren; sie zeugen und gebären, sind glückstrunken wie wir und genauso sterblich, sie kennen die Geschichte vom Anfang, von Sonne (ᛊ) und Eis (ᛁ), Wärme und Wasser (ᚨ), den Elementen des Lebens, und dass unsere Welt auf einer schmalen Bahn um die Sonne wandelt, die sie niemals verlassen darf.

„Was sind das für eigenartige Symbole?", fragt plötzlich Julian.

Er zeigt auf einige buchstabenähnliche Einritzungen zu Füßen der Göttinnen und Götter.

„Runen!", antwortet Finn. „Eine Art Buchstaben, nur, dass einige Zeichen zusätzlich eine tiefere Bedeutung haben. Die Mädchen auf Asgard tragen einen Runengürtel, der sie beschützen soll, wenn kein Mann in der Nähe ist. Nur beim Liebesspiel legen sie den Gürtel ab."

„Solch einen Gürtel habe ich schon gesehen!", erinnert sich Maurice an seine Begegnung mit Ana.

„Und was bedeuten die Zeichen?", möchte Rick wissen.

„Nun ᚠ zum Beispiel bedeutet *Ase*", erklärt Finn. „Asen waren die Götter, die in Asgard wohnten. ᛗ bedeutet *Mann* oder *Mensch* und ᛋ bedeutet *Jahr* oder *Ernte*. Auch hier hat alles mit dem *Leben* zu tun! Die Götter wissen von der Einmaligkeit und Einzigartigkeit ihres und unseres Lebens und deshalb lehren sie uns die stille Größe und Erhabenheit der Natur, den Hunger und den Durst nach Leben und wie man ihn stillt, nach Liebe und Lust in all ihren unendlich vielen, wunderschönen Farben und Formen, nach dem Hier und Heute. Sie wollen uns *stolz und frei* sehen, nicht gebeugt und anbetend, *aufrecht gehend*, nicht niederkniend, *glücklich, überschäumend, trunken vor Lust und Leben*, nicht duldsam in selbst auferlegter Askese. Die Götter haben Teil am immer wieder aus sich selbst rollenden Rad des Seins. Sie essen und trinken, weinen und lachen, weben, spinnen, jagen und spielen. Die Götter wissen um das unvermeidliche Vergehen alles Werdenden und Seienden und dass es ein Allwissendes, Allmächtiges, Ewiges, Unbewegtes nicht geben kann.

Ewig ist nur der Kreis des Lebens, das Werden und Vergehen, die Lust und das Weh, das Zeugen und Gebären, das Wachsen und Abnehmen, das Sterben und die Rückkehr zum Ursprung…"

***

Lächelnd verweilt Nelly vor Apollos Statue. Der junge Gott bleibt heute allein. Längst hat die Lehrerin bemerkt, dass Charis verschwunden ist – und auch Julian ist seit einiger Zeit unauffindbar. Die beiden sind noch einmal zur Quelle zurückgekehrt, still und heimlich. Diesmal baden sie gemeinsam darin und dann endlich erleben sie den Sonnenaufgang, den Frühling ihrer Liebe, nach dem sie sich so lange gesehnt haben – zeitlos, ganz leise, zärtlich, voller Hingabe und Achtsamkeit ...

„Das ist wie die Knospe einer Seerose am Morgen", flüstert Charis dem Jungen ins Ohr, als sie seine erregte Männlichkeit bemerkt.

„Und das ist ihre Blüte am Mittag", erwidert Julian, staunend, fasziniert von der Zartheit dessen, was seine Finger nun ganz behutsam erforschen...

Als die Sonne im Zenit steht, kehren Charis und Julian zur Burg zurück. Zum Dank für ihr junges Glück legen sie eine Blume zu Apollos Füßen nieder ...

ENDE

Einige Begriffe und Namen
aus der nordisch-germanischen Mythologie

Der mythologische Hintergrund der Handlung ist nicht immer authentisch. Vielmehr „spielt" die Geschichte um Rick, Maurice und Julian mit dem spekulativen Gedanken eines Zusammentreffens und Zusammenwachsens der antiken Hochkulturen, insbesondere der Griechen und Römer mit dem lebensbejahenden, erdverwachsenen Vielgötter-Reigen der germanisch-nordischen Völker. Die Schreibweise typischer Namen und Begriffe (z. B. Wuotan, Valkyren) richtet sich im Wesentlichen nach Jakob Grimm, Deutsche Mythologie.

1) Das Nachtwandler-Lied, In: Nietzsche, Friedrich, Also sprach Zarathustra.

2) **Loki** – ist ein Gott der nordischen Mythologie, ein „luftiger", windiger Typ, Teufelskerl, Hansdampf, mal zänkisch, mal zu Spott und Späßen aufgelegt, zettelt er auch gerne mal einen Mord an - ein zwielichtiger Charakter.

3) **Schwanenhemd** – magisches Kleidungsstück der Schwanenjungfrauen oder Schwanenmädchen. Das Schwanenhemd ermöglicht es ihnen, sich in einen Schwan zu verwandeln. Beim Baden in Menschengestalt ziehen die Mädchen ihr Hemdchen aus. Das ist *die* Chance für unverheiratete junge Männer! Sie stehlen eine Feder des Hemdes oder gleich das ganze Hemd, so dass sich die Jungfrau nicht mehr zurückverwandeln kann und den Mann heiraten muss. Gna ist also ein Schwanenmädchen, wovon Rick natürlich keine Ahnung hat, so dass er sich eine einmalige Chance im wahrsten Sinne des Wortes „durch die Lappen" gehen lässt…

4) **Schwarzelben und Lichtelben** – Elben, auch Elfen oder Alben, sind Fabelwesen der nordischen Mythologie. Ihre Farbe widerspiegelt jeweils ihren Charakter und ihr Aussehen. Lichtelben sind schön und wohlgestaltet; Schwarzelben dagegen leben unter der Erde, sind hässlich und noch schwärzer als Pech.

5) **Gna** – eine Göttin der nordischen Mythologie aus dem Geschlecht der Asen. Sie ist Friggs Dienerin und Botschafterin. Gna kann mit ihrem Hengst Hófvarpnir durch die Lüfte und übers Wasser reiten. Daher kommt es wohl auch, dass sie die Grenze zwischen dem mystischen Asgard und der realen Welt unserer drei Jungen überwinden und Rick verführen kann.

6) Andrew Lloyd Webber – Das Phantom der Oper, Die Musik der Nacht

7) Ebenda

8) **Ana** – (Anu, Annan) irisch-keltische Fruchtbarkeitsgöttin

9) **Freya** – die nordische Göttin der Liebe

10) Andrew Lloyd Webber – Das Phantom der Oper, Die Musik der Nacht

11) **Charis** – benannt nach einer der drei griechischen Göttinnen der Anmut

12) **Asgard** – Wohnort des Göttergeschlechtes der Asen, der durch die Brücke Bitfröst mit der Erde (Mitgard) verbunden ist.

13) Abwandlung eines indischen Sprichwortes

14) **Fenja und Menja** – zwei Schwestern und ehemalige Sklavinnen aus dem Geschlecht der Riesen. Auf der Mühle „Grótti" mussten sie pausenlos mahlen, was ihr jeweiliger Herr befahl: Gold, Frieden, Wohlstand, Salz. Sie rächten sich aber auf ihre Weise für die überzogenen Forderungen…

15) Von den drei Bösen, In: Nietzsche, Friedrich, Also sprach Zarathustra.

16) **Nanna** – eine Göttin der nordischen Mythologie, deren Gatte Balder ermordet wurde. Dies brach ihr das Herz; sie starb bei der Bestattung Balders.

17) **Dag** – (Dagr) ist in der nordischen Mythologie der personifizierte Tag. Die Nacht (Nótt) ist – anders als in unserer Geschichte – nicht Gegenspielerin, sondern die Mutter des Tages (Dag).

18) **Sol** – ist in der nordischen Mythologie die personifizierte Sonne. Ihr Bruder ist Mani, der Mond; ihr Geliebter ist der junge Tag (Dag).

19) Maurice? Rick? Oder Julian?

20) **Saga** – ist die nordische Göttin der Poesie. Sie lebt in der Höhle Sökkwabeck, was so viel wie (hinter dem) Wasserfall oder Sturzbach bedeutet. Gemeinsam mit Odin trinkt sie dort alte Weisheit aus goldenen Schalen.

Bildernachweis

Titelbild: Tröpfchen, Claudia Hautumm/pixelio.de
S. 8: Lady in Blue, Stingray/pixelio.de
S. 92: Im Morgentau 2, uschi dreiucker/pixelio.de

Zeitfracht Medien GmbH
Ferdinand-Jühlke-Straße 7
99095 Erfurt, Deutschland
produktsicherheit@kolibri360.de